U0527099

叶临之 —— 著

海边的中国客人

天津出版传媒集团
百花文艺出版社

图书在版编目（CIP）数据

海边的中国客人 / 叶临之著. -- 天津：百花文艺出版社，2025.1. -- ISBN 978-7-5306-9031-4

Ⅰ．I247.5

中国国家版本馆CIP数据核字第2024KW2094号

海边的中国客人
HAIBIAN DE ZHONGGUO KEREN

叶临之　著

出 版 人：薛印胜
选题策划：汪惠仁　　编辑统筹：徐福伟
责任编辑：齐红霞　　美术编辑：任　彦
出版发行：百花文艺出版社
地　　址：天津市和平区西康路35号　邮编：300051
电话传真：+86-22-23332651（发行部）
　　　　　+86-22-23332656（总编室）
　　　　　+86-22-23332478（邮购部）
网　　址：http://www.baihuawenyi.com
印　　刷：天津新华印务有限公司
开　　本：880毫米×1230毫米　　1/32
字　　数：123千字
印　　张：6.125
版　　次：2025年1月第1版
印　　次：2025年1月第1次印刷
定　　价：40.00元

如有印装质量问题，请与天津新华印务有限公司联系调换
地址：天津东丽开发区五经路23号
电话：(022)58160306　邮编：300300

版权所有　侵权必究

目 录

伊斯法罕飞毯　/ 001

中亚的救赎　/ 036

我所知道的塔什干往事　/ 083

海边的中国客人　/ 142

伊斯法罕飞毯

一

帅奎刚接到通知,略表镇定,语音犹如扰人的蚊声,从跌宕起伏、宛如地狱的高山谷地飞越过来,对于从谷地要回W城的他,这声音非常熟悉,但时下说的事却不同寻常。

语音由公司办公室女助理不断发来,不是来自让帅奎一直处于担心中的W城,但足以让他如坐针毡。该女士蹩脚、拗口的中文在正月的冷风中游荡。帅奎坐在比什凯克机场的软皮椅上候机,鬓中沁出不少冷汗,随着神秘语音的滚动,能够看见这些透明汗珠,以非常迅疾的速度冷冻,像极了冰晶凝固,在心尖上开出刺眼光芒。这黎明时分,他不由得惊慌,警惕地查看四周。

公司总办助理还兼任翻译,与作为高管的帅奎不同,虽只是中层干部,但她是本地人,有点位低权重的意思。在帅奎来公司任职的伊始,他俩竟然发现他们是校友,她曾留学中国,称喝过卫津河里的水。"卫津河啊好漂亮，冬天还可溜溜冰。"直到现在，女助理还能说出帅奎熟悉的地名，但在随后的工作中，帅奎发现恐怕不是如此简单。从在公司相处的经历看，女助理和他的关系并不好，每次和她打交道，他心里总揣着不安，他能从女助理那里感知到自卑。一年多前，帅奎的一名本地朋友将要从公司离职，帅奎请吃告别晚餐时，朋友跟他说过女助理的身世。女助理老家在南边的塔吉克斯坦，在三十多年前那场国家的巨变中，她从塔吉克斯坦的边民转变为公司所在国的国民，这让她比起当地人行事更是小心翼翼，有种不可言说的自卑感。经历过枪和刀近身的危险后，她深邃的眼睛证明她似乎可以看穿中国公司的刀光剑影。帅奎感觉到，公司的其他人也是这样认为的。于是，一个身形圆润、两鬓已经长有少许花白头发的年轻女性面对他的时候，在索姆、美金面前，校友关系暂时荡然无存了。

　　帅奎必须由比什凯克回到 W 城。他一边听着语音，一边从摆渡车上下来登机，周边雪山上的冷风阵阵袭来，令人发抖。这是曾经驰骋战场的伏龙芝将军的出生地，地名意为"搅奶棍"，帅奎预感像到了 W 城。这颇为微妙。他回 W 城有一桩事或是两桩事要处理——说是两桩事，只是预感，还不确定。仅能确定第一桩事，是母亲中风了，就在这二月伊始的一天傍晚。母亲中风纯属意外，让帅奎颇感惊奇的是，母亲中风的事是唐美玲告诉他的。唐美玲不知什么原因去了母亲那里，也许为了向他母亲说他们离婚的打算。前年他离开 W 城，三个月前，唐美玲与他正式分居。在他瞒着唐美玲，打算前往比什凯克、塔什干地区时，唐美玲说她会邀请律师在 W 城进行财产分割，但帅奎并没有在意，随后他逃避般地离开了 W 城。因此，对于后来的帅奎,从他们产生纠纷时开始,唐美玲和W城一样都变成了永远的谜。现在,他的前半生都留在了W城,它们变成了遗物:小孩、音乐、财产,其中有一张来自伊朗伊斯法罕的地毯。

帅奎下飞机后急忙赶往W城人民医院,他在住院部见到了母亲。医院距离母亲独居的小区不远,母亲以前散步经常经过这里,现在,母亲躺在几十米高空的病床上。当帅奎站在门口迎面面对病床,母亲以衰老的形象出现了,她银发凌乱,好像由一串乱码般的数字堆砌组合。她是一尊由厚白纸叠放成形的塑像,正从实体慢慢转变为虚体,帅奎极为心痛。他甚至已经看不实母亲的脸,哪怕走到床前,他都不明白斜拉着脖子、脸半埋在乳白色被褥里的母亲是睡还是醒。母亲是W城一中的退休数学老师,退休后有几年被返聘,一直在学校上课。帅奎父亲去世后,母亲迷上了数独,在九宫格中游刃有余,这点母亲毫不像其他退休老人。帅奎选择从单位辞职时,母亲发表过在帅奎看来非常中立的看法,这点与他的妻子唐美玲完全不同。只是令帅奎感到焦灼、始终没法明白的是,对数学游戏痴迷且熟练掌握的母亲是如何神经系统崩坏导致脑中风的?这无疑是疑点。

病床上的母亲始终没有发出半点声响,床头柜旁边摆放着两样东西:一个计算器和一台帅奎赠送给母亲的银色平板电脑。晴天,夕阳发射出万丈光芒,给房间镀上了一层与秋天草原相近的古铜色,淡淡的光辉平滑地过渡到母亲的额头上,又让帅奎一时想起远在天山以西的历程。在母亲的病房,帅奎看了看手机,他准备联系唐美玲。按照唐美玲的说法,是帅奎母亲中风时拨打了她的电话,唐美玲发现事情不对,赶了过来。但是,他很快回过神来,注意到这是母亲的病房，母亲出事前可能仍不清楚他和唐美玲之间产生了罅隙。冷静后，帅奎谨慎地放下手机，发现母亲床头下面痰盂里的痰将满一半，他俯身端起痰盂去倒掉。在洗手间里，他再次听到女助理发来的宛若乱码的语音。

二

语音内容大略如下：公司那个女人有了"喜事"，就是费尔干纳盆地边远地区的那个女人，这月生下来一个孩子，而且还是男孩子。女人的老公跑来公司维权，说他与女人处于分居的状态，他一直和他们的大孩子在俄罗斯打工过活，对于他们全家而言，老婆怀孕绝不是该庆祝的喜事，他的一项诉求是索要巨额抚养费，相关方必须处理。事情发生得太不是时候，公司管理层认为牵涉到国际纠纷，稍有不慎，会引起严重的连锁反应。公司内部开始猜测孩子的父亲是谁，决意找出"肇事者"。帅奎在阳台上贴近耳朵听到这儿，不禁瞠目结舌。他脑子里迅速地闪过一道数独题，题目异常难解，无从作答，他想到了解救者——母亲。那天晚上，当他公布要从艺术学院辞职的决定时，在玩数独的母亲抬起头来怔了，惊讶得半天说不出话，想了半天才问他做出如此决定的原因。现在，帅奎得假装镇定，他明白女助理联系他就不会是什么好事。

女助理在等他的回话。后面她的语音嘈杂至极，似乎还有种尖锐的声音在细细地划过耳膜，那也许是汽车高分贝的喇叭声，夹杂在当地民众激昂的口号声中。在他回 W 城前，公司通报过当地局势，现实局势日益趋紧,帅奎挺担心的,这是他离开公司回国的另一重要原因。帅奎刚回到 W 城不久,就听到了公司所在国将要关闭国境的消息。

语音中随后又是吱吱的汽车引擎声,还有拉枪栓的声音。也许是小口径步枪,它的枪栓声轻快得就像秃鹫扇动翅膀,在语音中不时闪现一下。这种步枪在该国枪店常见,看守他们矿业公司基点炸药库的老汉手中就有,该枪作为苏联 AK47 的衍生型号,产于一九七四年,它出现在第一次阿富汗战争中,帅奎从不少纪录片里看到过。从以前流出的视频中,可以看到它活跃于新世纪伊始的第二次阿富汗战争的民兵手上。视频里也能听到老枪的声音:几十年过去后,枪声有点嘶哑,不甚干脆,枪响瞬间像隼鸟的尖嚎。从奥什城到枪声出现的地方相距不过百十公里,只需跨越费尔干纳盆地边缘的大山即可,那是近在咫尺的距离。以枪声乍起代替他原本在 W 城面临的困境,这让初来乍到的帅奎颇为惊惧。他刚来公司时,特殊的地缘环境带给他强烈的心理冲击。

其实,帅奎刚到奥什城的矿业公司任职时,他就见识过由它引发的恶性事件。那是属于称不上歹徒的当地青年小伙子打出来的枪声,他还亲自处理过这桩事。这发生在两年前,他们矿业公司在费尔干纳盆地有个基点,去基点须经一条碴石小径,小径幽微曲折,像一条羊肠子贯穿一座无名城镇,在城镇过去三公里处穿越茂密丛林掩盖的普通村落。一日上午,村里有两名小伙子在小径旁边牧羊,其中一人背着一支小口径步枪。他俩刚刚喝下两瓶劣质的伏特加,在酒精的强烈作用下,起了歹念。恰巧碰到公司的司机从基点运煤去火车站，司机成了倒霉蛋，两名小伙子挡住去路，拦下了货车，索要美金和索姆。司机气不过，和没有背枪的小伙子扭打，旁边背枪的小伙子醉得迷糊，他取下枪，摇摇晃晃扑上来，把枪口朝向司机，抵住他的腰，一声闷响，一颗子弹从下往上直接贯穿了司机的腹腔和胸腔。据后来复盘的内务部警察讲述，司机没有留下任何遗言，他只是回头望了下天空就直直地倒下了。司机是个陕西小伙子，和来自江泽之滨 W 城的帅奎互不认识，但帅奎作为勘察部副经理，他和公司的其他三个工作人员当天就赶到了事发现场。司机侧身蜷曲躺在费尔干纳盆地一块微小的草地上，身上已经蒙上白布，双眼闭合，像萎缩的感叹号，他的眼神停留在了那片空旷的地方。在内务部警察前去牧羊人村庄调查取证的时候，帅奎和公司员工在原地陪了他差不多整整一个下午。

接下来两三天都是处理司机的后事。两名醉酒的小伙子自然没有好果子吃，被抓进了内务部等待做入监处理；司机的遗体火化后被送回国。总之这事，帅奎明显体会到整体上还是由大化小地处理完毕了。从此，帅奎再也忘不了司机看向天空的空洞眼神，记下了这声枪响里的恐惧。自从这事发生后，绝少有司机从这条隐蔽的小径走了，帅奎的公司尤其如此。这事发生后，他们矿业公司下决心，开始每年一度巡线，以保障司机的运输安全。

公司总部暂时关闭了，帅奎明白他能够从前线脱身很是幸运。晚上，他回到他和唐美玲曾经的家里。如今，房间看似空空如也，但"遗物"仍在。卧室中央有张巨大的地毯，那是伊朗风格的家用地毯，生产城市是伊朗中部的伊斯法罕，产于二十世纪四十年代。帅奎脱掉袜子，倚靠着墙坐在地毯上，独自喝酒。W城的黑暗里，女助理的语音持续发来，风中的语音里仿佛还能看见她耸肩的动作，代表她在尽力又无能为力。在帅奎的遐想中，一个悲壮的画面打破寂静：冒着浓重黑烟的二手汽车里面坐着大批当地民众，他们往深山的方向逃离。遥远的高原上空，灰鹰在深绿色的夜幕下盘旋。

三

回到W城后，帅奎决定去触发第二桩事，这牵涉到现在与他尚处于夫妻合法续存阶段的人——与他分居两年的唐美玲。他打算见见唐美玲，为了母亲，母亲为何好好的就中风了？依唐美玲急躁的个性，母亲中风或许有不少隐情。帅奎回到W城后，隐约触摸到一丝不稳定的气息，气息在游离，说不清它预示着不祥还是会峰回路转。

帅奎略显沙哑的声音从黑洞洞的听筒里传来，唐美玲出奇大方，答应了和帅奎的见面。她从旁人口中探听过帅奎近年的变化，知道他已去一家大型跨国金属矿业公司任职，在万里之外做"淘金者"了。帅奎要求见她，唐美玲似乎没有料到，更没有想到他这么快又折回了现实。真是一只笨鸟啊，唐美玲心里感慨。

他们的见面颇具戏剧性。他们约定第二天上午十点见面，这正是阴历正月末尾，阳光不厉不柔，他们准时到达塞满小朋友的快餐店，以前他们作为家人多次带着女儿来过这里。虽然他们面对别人时永远面带微笑，然而，他们现在面对对方的面孔都是冷峻的，偏过头去不肯直面对方，侧脸更是显得冷峻，这些严肃的表情显示他们不再是恋人、爱人或朋友。这让帅奎有一刻很是恍惚。当然,他明白他们不再是穿着小裤衩徜徉在卫津河边的小年轻,如今是历经沧桑后的老气横秋。至少对于帅奎是这样的,也许唐美玲好点,她现在暂时站在胜利的一方。她打扮时髦,身穿棕色职业正装,脚下是一双黑色小底高跟鞋,一头修饰过的短发。西装像经过特别的设计,显示她有着自己固执的审美追求,她右手腕上套着一条细细的亮金色手链(帅奎也许送过她东西,也许没有,他没有送人东西的习惯),帅奎明显感觉到唐美玲反抗年龄的变化,她改变了以往的习惯,有彻底的意味。

这足以让帅奎不再抱任何期盼,他双眉紧锁,他们还是像以前一样坐在卡座上,就像刚认识时的头几次见面那样。对于人至中年的他们,咖啡店、西餐厅像普通事物一样变得再平常不过,不再具有纪念意义。还没说话,唐美玲看了他一眼,极为冷静。帅奎还在想唐美玲愿意坐下来和他聊天,也许完全是母亲中风造成的,也许是她也正经历着人生中的一段惨淡经历。这样说,他们可以谈判,没必要让对方为难。

"你联系我到底什么事?我只有十来分钟时间。"唐美玲本来想说自己两年前已经换了工作,从《W城日报》转至一家国际性网络媒体上班,主要负责艺术评论,时间紧凑,还要回去赶稿子,但是刚说罢,又似乎觉得自己话多,便就此打住。

"我也只是和你了解情况,我妈在做康复训练。"

"说吧,什么事?"

备感无聊的他俩都在望着远方,他们显然都从设定的现代性的游戏、诗歌的历程、音乐的狂热中衰退下来,就像所有将要分离的夫妻,他们没有说话,但似乎都存储着一种压抑。在帅奎离开 W 城的两年前,他们都经历了什么?唐美玲负气出走后,帅奎像私家侦探一样以求得到对方的半点信息,他本决意出演扑克牌中的黑桃 J,像一名宗教卫士用行动感化对方,半年后,却发现越来越脱离实际情况。

为自己悲伤?到达比什凯克,跨越几千公里去异国的矿业公司时,帅奎确实体会到过巨大的不安。然而现在,他内心麻木了,为自己过早地结束一段婚姻而惋叹。唐美玲应该也是如此。

帅奎终于出声了:"聪聪还好吧?"

"你只要该给的都给过来就好,以后都不要与我联系了,这些我都会处理好,我会派律师过来的。由律师来处理,这事我先通知你一下。"

帅奎说起女儿,唐美玲很生气。唐美玲负责抚养女儿,扮演了出走娜拉的角色,而他好像是不义之人、过错之人。但帅奎很是茫然,她和他年轻时发生过爱情,后来屡次争吵,双方由此产生裂痕和怨恨,帅奎并不清楚他们的隔阂竟然如此大。他不愿意面对隔阂,回过头来看,这正是他当初离开 W 城的理由。

说罢,唐美玲终于平静了,她看着帅奎。刚才听到"律师"时,帅奎眼神有点不屑,但是他也并没有铁下心去表露这点,他换了个话题:"你看,我妈成这样了,你也去看过她,医生护士有没有跟你说她中风一开始的情况?我连她怎么去医院的都不知道。"

"你以为我就知道?你妈怎么了,也是我想弄清的事情。"

"照这样说,怎么这都成谜团了?什么都成谜团了。"

"你问我？还不够明白吗？"

帅奎沉默。

"这样说吧，走错了多少路？也不要藏着掖着了。"唐美玲语带怨恨，经历两年的正式分居后，她似乎想起了些什么。

"我？好吧，走错了路？要说，我应该是能力不够吧。"帅奎接受审判，不过，他有警觉，顿时又想起公司女助理的语音，一股神秘力量在左右，不可预测的事情真多啊，除了累，他感觉到后背冰凉，于是发出以上感慨。

"好了，就知道瞎折腾。"

后来唐美玲倒是语气软和了，但是，他们走之前已经没有多少话可谈。沟通变得无济于事，店里仍旧热闹非凡，他们的对话与周边的温馨气氛格格不入。律师很快会找他的，她重复了一遍。唐美玲左手握成拳头状轻轻地抵在嘴唇上，又放下来搁在原处。

四

与唐美玲谈完，对于帅奎来说，发条并没有松懈，一度停滞的发条有了十足的马力。回想起自己碰到的事情确实颇为蹊跷，不愿意面对现实的帅奎又联想起女助理的神秘语音，回忆起那些在费尔干纳盆地的日子。两年前，在暂且摆脱掉 W 城的痛苦后，他来到了寂静时段，开始一段烈马驰骋的经历，现已成隐秘的历程。在经历司机的惨案后，他开始巡线，为公司遴选新的运输线路，和那个女人的故事应该从这里说起。

去年四月，一个高原上阳光照射之处几近透明的月份，公司皮卡车上的玻璃折射着五彩的光芒。在高原太阳的暴晒下，戴着鸭舌帽的帅奎看起来很像当地人，在二手车多如牛毛的国度，没有人怀疑他能不能驾驭得了当地汽车。帅奎驾车反复地渡过赤河和楚河之间的流域，在群山间翻越荒无人烟的高寒地带，让人有一种想要抚平地球古老褶皱的欲念，往昔他操弄着音符，现在车轮碾过戈壁滩千奇百怪的石头和浅绿多汁的野苜蓿。所到之处，天空盘旋着巨鹰，叫声中带着时而悲怆时而高亢的意味，身边掠过欧洲风格的白绿色村舍，高山上面的草甸总有一种让人感到舒服的气味，比年少时躺在公园草地上闻到的气味更加舒缓。四十来岁的男人，经历嘈杂的人声鼎沸后，在两三千米海拔的高山草原上驰骋，在宁静的陌生地域接受暴风雨洗礼和滚烫太阳直射，可能还会经历冰雹、飓风，但似乎又可以和音乐艺术乃至野性在一起了，哪怕是饥渴难忍，他也能挨过去。这远离 W 城甚至公司总部的独自巡线看起来枯燥、没有尽头，他却一时偏爱上了，直到有一天，他在跨越宽广赤河的浅滩到达乌兹根地段后，再也翻不过前面的山坡了。这只桀骜不驯的公山羊饥渴异常，他在马路边熄火，跳下车来。他刚才看见公路旁边草甸上站着一个妇女，右手放在眉头上远眺羊群，左手扬起鞭子。他向草甸上的女人比画，用手指自己的嘴巴，做出喝水的姿势。女人明白了，她指着前方马路边的房子，用手势回应，那里可以找到水。

帅奎急忙过去，原来前面就是加油站，还有小超市。他买了三瓶本地牌子的矿泉水、两包面包，花费一百五十索姆，在超市前那涂着淡绿色油漆的长木椅上坐下来歇息，看着车子开过来的公路方向。

他正准备离开时，女人扬着皮鞭走过来了，赶着几十只白色的绵羊，看见在敞篷下面乘凉的帅奎，远远地莞尔一笑。帅奎把一瓶矿泉水递给她，她笑着婉拒了。

不料想，一个多月后，从初夏的一天开始，女人成了他们公司的本地向导。听说是他们公司在乌兹根的基点所在村负责人介绍而来，依帅奎直觉，更可能是他们公司的那些"烧油骏马"吸引了她。上次，他把勘测部的皮卡车停在加油站的时候，他能明显看得到女人羡慕的眼神。高档汽车暗示公司资产雄厚，往常帅奎驾驶皮卡车在巡线的途中风驰电掣，就吸引了不少当地男女羡慕的目光，不少矿工向往着来公司上班。公司每辆车上都印着硕大的999标志，还印有公司负责招聘人员的电话号码，想必她也是有心记下来了，打了人事专员的电话，顺利入职。理由其实很简单，公司一直在寻找值得信赖的本地向导，但因巡线需要常年待在车上，来回各个山区勘察，了解这项工作的人绝少。

在公司总办，女人看见帅奎路过，她向他走来。她因被公司选中而兴奋，当即还拍了下帅奎的臂膀向他打招呼，她刚学会说中文"你好"。

随后，在这位不能进行语言沟通的女士的带领下，帅奎经常来往山区巡查线路。她是本地人，更加擅长确定运输线路。除了当向导，她还可经常回乌兹根的家里照看孩子和马、羊。整个公司，没有比帅奎更合适的人来担任巡线工作，公司决定由他具体负责。夏天刚到，一年一度的巡线工作刚刚开始，在下雪封山的十月底才能完成，因此这漫长的半年，女人更多时候是帅奎的向导。帅奎乐于享受这无声的世界，这里与W城不一样，也与巨大的飞机引擎声不一样。他似乎讨厌听到飞机引擎声，而喜欢上了高原上的汽车引擎声。女人就像高原上的荆棘花，他除了知道她名字叫安娜，其余一概不知。至今，他还不知道她的全名如何拼写，也因语言不通，他们只能以手势沟通，而他习惯以"女人""女子"的称谓冠之。他的手机里存了很多电子书，随身带着口香糖和一个口琴。他在费尔干纳盆地一时像被禁锢的列宁，日子像默片一般那么缓慢，他渐渐与W城没有联系了。

五

母亲出院做完一些康复训练，能够在帅奎搀扶下去卫生间如厕了。母亲的身体逐渐好转，帅奎萌生了择期前去公司处理急事的念头。与时下天山以西的局势一样，他感觉到公司正在发生质变，处理完W城的事后，他得赶快去处理。

在W城照顾母亲时，帅奎等来了唐美玲的律师。

律师约他在咖啡厅里见的面。一位年近五十岁的男律师，谈正事前，他先介绍自己：李鸣，W城朝阳律师事务所合伙人，平常代理婚姻案件、涉外企业股权、知识产权侵权等事务，经唐美玲女士授权，由他全权代理她处理财务问题。李鸣巧舌如簧，有点自来熟，果真是做律师的料。见帅奎若有所思，李鸣嘴角一扬，撇开刚才的开场白，微笑道："帅先生，我好像听说过你，你弄音乐的吧？"帅奎微微点了点头以示肯定，想必这些唐美玲跟他都提过。接下来，律师陈述了一遍他所知道的帅奎的经历：曾经是W城大学艺术学院最年轻的副教授，后来自动离职了。不容帅奎反应，律师马上说："我像你一样，曾经也有艺术梦想。小时候，我家老邻居就是小提琴手，恐怕还是全中国学习小提琴最早的一批人之一，他意外去世时是七十二岁，后来我考大学还是学了法学。"闲话到这儿，律师好像记起了什么，他问："帅先生，你好像打过官司吧，那次你们告赢了吗？"律师说的是五年前，帅奎他们组建的乐队一直持续到那时，乐队的作品都以数字专辑的形式面世，常年被各大音乐平台侵权。五年前，乐队主创决定一起起诉各大平台，但是结果并不乐观，连续打了好几次官司，都不了了之了，事前联系的媒体朋友限于行业纪律，也并没有开绿灯声援他们。忙活了大半年，还是成了这样，帅奎一气之下贴了张退出音乐圈的告示，也就是从那时开始，他再也没有在任何平台上发表过半个音符。他用行动与自己的前半生割裂了，他不停地与自己决裂，拒绝发表、主动离职、夫妻分居、远去他乡，就发生在这四五年之间。曾经，他是别人眼中的成功人士，但是，当他把那袭缀满珠宝的袍子狠狠地摔在地上，珠宝粉碎，变得分文不值后，他又体会到背后无处不在的冷漠目光和嘲讽。当他来矿业公司任职的时候，上司已经把他看作普通人，不管他是自我放逐还是被迫委身于门下，他的选择都属于自动降值。

　　帅奎用沉默回应律师提起的官司，律师还在说，有人记住了现实，却忘记了曾经的风和雨，以及所有的美好。帅奎说，还是说正事吧。经过提醒，律师才恍然大悟地笑道："好，那我们开始。"

　　其实与律师谈得很顺利，如唐美玲所愿，帅奎签了离婚财产分割代理函,在逼迫中,他总是退却和放弃。签完字,他扬了扬那张唐美玲提供的清单,上面有 W 城的房子——纸醉金迷的城市里最珍贵的东西。一共两套:一套自住,婚后两人一起还房贷,在 W 城的经济开发区,该套房子微不足道,以前由他和唐美玲居住,现在他远去他乡,等于闲置;另一套是帅奎依靠投资收入和版权报酬所得购买的——十多年前是房市低潮期,他手里也有余钱。当时,一名颇有创作力的电影导演意外地相中了帅奎的一组纯电子乐,购买了其使用权作为电影配乐。帅奎一时爆得大名,还获得了丰硕的报酬。在 W 城爱乐乐团一位做财务的朋友建议下,他买下了第二套房,在 W 城的繁华地带,价值不菲。他还购买了来自伊斯兰世界的地毯,都是从拍卖会得来的。帅奎销声匿迹前,绝大部分时间都花在研究中亚地区国家的地毯上,由此他对魔幻的远古世界和地域产生兴趣。他的追逐也看似与伊斯法罕地毯一样,变成了飞毯,轻盈地飞翔。帅奎和唐美玲还收藏了不少珍玩,有高品质的水晶、玛瑙、碧玺、宝石,这属于唐美玲的业余爱好。她执意要保持贵族般的生活水准,而这些东西仿佛来自十九世纪,给人一种当代宫廷生活的幻觉。应该说这些幻觉真实存在过,至少在帅奎没有任性飞翔的前提下,是成立的。对于唐美玲本人,她从小生活优渥,家庭和谐温馨,从来没有过决绝的个人意志,倒是帅奎让她走出了裂变的关键一步。从此,他们的关系不可逆转地改变了。

还有一件最残酷的事情列在清单上:女儿聪聪以后都跟唐美玲。这点帅奎明白,女儿跟唐美玲已经是两年来的既成现实,他既然放弃了这么多,何必为此纠缠呢?

和律师聊天总是枯燥的，特别是对方准备把他的财产搜刮干净，只是与公司女助理的神秘语音不同——这次谈话会无限放大后果，令他前途尽毁，悔恨终生。唐美玲需要的只是符合法律的财产和藏品，曾经那是他的梦想、他的追求、他的生活，而这些因为成了无所谓的旧物而让他豁达。离开W城后，他倒变得有些同情唐美玲了。不过，帅奎心里还是有种被抛弃的耻辱感。曾经，他们一样有音乐梦想，一起读着阿赫玛托娃、曼德尔施塔姆的诗歌，讨论着电子音乐和说唱。那时，唐美玲还叫维娜，她以唯美的笔名发表乐评，和他一起出席音乐活动，形如金童玉女。

帅奎到底产生了愠怒。后来律师以还要处理其他事务为由离开了，帅奎一个人留在咖啡厅。看来唐美玲棋高一着，让帅奎后悔前面数年以来的抉择。

六

神秘语音仍然在继续，当地局势有所缓和，公司内部就涉事女人丈夫的诉求开会研究过，帅奎知道事态在加剧。

帅奎回来两个月有余，他除了出门照顾母亲，几乎就困守在房间里，不时操弄几个音符，坐在房间地毯上陪伴往昔那些旧物，以酒度日。过了一两天，他干脆搬去母亲住的小区里，与母亲同住。母亲状态明显好多了，有一天上午他还没起床，母亲的卧室响起他的名字，气力不足但非常清晰，这是母亲渐渐康复的重大信号；也就是这天下午，母亲久违地拿起了计算器，摁下几个数字，算了一回最简单的数独,帅奎惊喜异常。

W 城仍是一地鸡毛,帅奎决定待母亲再康复些就离开 W 城,去处理公司的事。这时,去年夏天,在高原地区那些自由自在飞越的日子又浮现在眼前。

这本来是帅奎个人独自飙车的生活,但他的人生改变来源于异域夏天里一次次的电闪雷鸣。其实,帅奎前年来矿业公司任职而放弃开设工作室后,他能明显体会到把发展重心调整到天山以西的公司出现了微妙变化,风声鹤唳,公司不少董事已经回国。拥有上百亿资产的公司不止一次透露过以下消息:股份要重组,附属产业要剥离,非智能部门人员要裁减。公司的变化,似乎让和帅奎一起巡线的女人也闻到了他所散发出的散漫的气息,放任自流的态度让他在暗流涌动的竞争中处于下风。虽然隐隐感觉他处于不利的地位,这位叫安娜的女子却并没有表现出任何的势利,她只有二十五六岁,在 W 城,或许还没有结婚,只是一位大学毕业刚刚步入社会的女青年。他们语言不通,但是她用完美的工作配合显示她的善解人意,在夏季开始的漫长的巡线过程中,帅奎对她的了解渐渐加深:安娜已是两个孩子的母亲,她的丈夫两年前就去俄罗斯打工了,没有回来过;她有个本家叔叔,来看过她,据说他在距离边境不远的阿拉木图当司机。现在,安娜在费尔干纳盆地的边缘和她六岁的孩子一起生活,那里到处是浑厚的大山和湍急的季节河,还有成群的绵羊。帅奎觉得,这些就像层层音符累加的感叹调,那更高亢的起伏,便是连绵的前进曲。

在绿油油的高山草原上,皮卡载着帅奎和女人不时穿梭在弯曲的盘山道、静谧的林荫道、宽敞的州道上。令帅奎记忆犹新的一次是在楚河畔,那次他们从赤河的下游卡西河而来,足足驰骋了三百余公里,到达公司下属的煤炭开采区。那里是楚河流域,帅奎去给开采区寻找最佳运输线路。当他们为技术部从开采区拿回图纸,等到打算跨过楚河流域回到费尔干纳盆地时,已到第二天中午。在车上的他们饥肠辘辘,那天烈日当空,在楚河畔,他和女人决定就地吃顿简陋的午餐。女人拿出已经凉了的土豆拌牛肉块,里面还放了不少通心粉。她捡柴生火加热,而帅奎坐在驾驶位上,拿出放在收纳箱里的口琴——这是他从 W 城唯一带过来的——试着吹了《阿尔罕布拉宫的回忆》A 段的部分。

站在楚河边上,流水潺潺,这是中亚两国的边境,前方是广袤的哈萨克斯坦。他知道他放逐在此,曾几何时,这是汉人的边界。汉人的马蹄到达过这里,两千年前的千军万马在奔跑、厮杀,结果化为了芦苇与岁月悠悠。眼下除了冰冷的流水,就是无言的时间,而现在这里成为他这样的无用之人、搅不起任何水花的失败之人流浪的去处。这过往千年的历史与他的个人前程命运竟然联系在一起。帅奎用口琴吹着本是描写西班牙古老宫殿往事的曲子,竟然吹得自己泪流满面,久久不能平息。

他一直没有去惊动同行的女子,只是在车上看她。女人正蹲在楚河边淘洗碗叉,她正忙着准备午餐,没有看到车上的他情绪起伏,更不知道他在想什么,他们俩只是两个世界的人,并行不悖。

一个本地人提供了临时的安歇处,让他们晚上不必待在皮卡车上忍受极端低温之苦。他们在楚河旁边吃完简陋的午餐,开车跨越那宽广的原始河滩往回走不久，本来好好的天气突然变化，瞬间下起倾盆大雨，其中夹杂着大小冰雹。皮卡车在苏联时代修建的州际公路上驰骋，白色的蒙古包立在公路两侧，像雨林中的蘑菇，时而清晰、时而模糊。他们在极端恶劣的天气里翻越了前方的阿赖山，帅奎的目的是回奥什城的公司总部公寓休整，女人则是回距离奥什城五十多公里的乌兹根家里照看孩子。

乌兹根更近。这一路上遭受暴雨长达五个小时的侵袭，到了夜晚，雨越下越大，快要到达乌兹根的时候，已近午夜，车内温度快降至零摄氏度，只能打开空调驱赶寒气。此时皮卡车上汽油不多，而且车上已经完全不适合过夜。这时，旁边的女人打着手势，做出睡觉的姿势，告诉他可以到她家借宿，等雨停了再走。

出于女子的热情邀请，帅奎当机立断，决定暂且停歇再说。女子带路，引导他往一条泥泞的乡间小道上开去。那里快靠近前方一座山峰，山峰倾角近六十度，山顶与平地的垂直高度相差近五百米，面向一条宽广的小溪，小道上出现不少俄文招牌，尽头是一片黑暗的针叶林。钻进前面一排木栅栏围好的空地里时，女子用手势示意他停车。这时，帅奎才发现他把车开进了一户陌生的庭院里，左侧出现一栋蓝色铁皮屋顶的木房子，旁边倚靠着一栋灰色的更为低矮的牲畜圈，从牲畜圈里能看见马鬃、马尾，一侧还能听见绵羊的活动声。庭院里有不少夏天就开始打下来准备存储过冬的草料，庭院的周边是洋槐树、野苹果树，还有不少葡萄树、樱桃树，看起来很是隐蔽。当帅奎待在车上犹豫要不要下车时，女子已经下车急忙奔往木房子，她拉亮了家里所有电灯。帅奎下车后，在靠近东面的房间看见有个小男孩坐在地毯上,在房间的角落里啃食着馕饼,昂头看着彩色小电视。小男孩看守家已经足足两天了。

帅奎还是第一次在异国人的家里过夜。途中他不能打电话联系任何人,因急中出错,下车时,帅奎的手机浸了水,公司也无法联系他,以为他出了事。

七

边境终于开放,帅奎准备回到费尔干纳盆地,他提前买好了机票,公司助理告诉他,公司法务部已经介入调查女子安娜的事情,帅奎必须马上回去处理。

要离开 W 城的前夕,帅奎意外接到李律师的电话。李律师说第一次给他打电话,并且是晚上,很抱歉,但这又是工作内容,现在恐怕要浪费十来分钟的时间。事实上,他们通话超过四十分钟,这漫长的电话交谈里,李律师说,经过盘算清点,初步算出他和唐美玲的资产超过了一千万元,作为知识分子拥有较为丰厚的财富,证明知识分子的物质生活确实好过了。到此他话锋一转,说:"不过,我们在清算过程中,还是发现有疑点,对于唐美玲女士是不公平的。"帅奎问:"有什么不公平的?"律师说:"在您和唐美玲的婚姻存续期间,您是不是还拥有其他财产,例如巨额股权,您重新看下清单就明白了。"

李律师提出见面,帅奎直接拒绝了。

真是体现了律师的狡黠!帅奎变得愤然。自从接到律师的电话,他心情沉重,上了飞机后,头脑肿胀,头痛异常,对于将要重新回到公司的他是不祥的预兆。这趟去比什凯克的南方航空航班上，与二月回 W 城途中产生的错觉一样，冥冥中又有了同样的感觉：当飞机经过磅礴的天山时，遇到强烈的气流波动，在还没有到达天山以西的上空，空中出现引擎喷发出来的结晶水汽，一道奇异之虹出现了，像是引力拉下来的虹膜，他一度以为飞机到了不可预测的厄运上空，那些水汽只不过是遗留的最后一行眼泪。帅奎预感这次回到公司，定然会发生些什么。

历经七八个小时的颠簸，帅奎到达比什凯克。三个月前，帅奎离开公司前往比什凯克转机去往 W 城时，不少民众在往首都的路上聚集，从机场就能看到局势紧张的苗头，排队登机的中国商人们，眼神里透露出一丝不安的气息。现在回到比什凯克，机场看起来十分静谧，风平浪静，表面一点也看不出经历了某些变化，但是帅奎知道，与三年前他刚来的时候太不同了。暗流仍在涌动，手机上仍然有不少当地社会新闻播放，性侵事件、民族纠纷经常发生，隔三岔五就有人被袭击受伤，针对矿山的抢劫也时有报道，曾经杀死过他们公司的陕西司机的那种枪又大量出现了——与以前不同，以前要凭国民证、持枪证购买，现在，枪店被抢一时成了常事。如果不是急着回公司处理棘手的事，帅奎万万不会这时来到此地。因此出于对安全的考虑，在经过深思熟虑后，从比什凯克去奥什的飞机上，帅奎还是向公司总办女助理报告了行程。女助理马上发了夹杂着"吱吱"的语音过来，说："您回来太好了。"过后不久，她又说："出于安全考虑，公司决定还是派人来接您。"

女助理的答复让帅奎增加了一丝恐惧感。他最终于翌日晚上八点到达目的地奥什城。从机场出来,一同下机的人群很快就消散了,周边没什么人,却好像有无数双眼睛在窥视,仿佛每走一步都有人盯着他。高亢的祈祷声在耳郭周边响彻,帅奎的表情不由得冷峻了许多,他尽量把戴着的鸭舌帽压低,罩住半个脸庞。在黑魆魆的机场小广场,没有开着二手车的当地人像往常那样拉客,帅奎迅速转移至不易觉察的角落,等公司人员来接自己。此时是四月初,位于北纬四十多度的奥什城,天气仍然干燥生冷。在经历漫长的等待后,他终于看到一辆黑色的小轿车,在小广场那家关闭的零售店前停下,从车上下来三个本地人,一高两瘦,高个儿戴墨镜。他们看见了帅奎,往他这边连打手势,说:"帅?"帅奎点头,他们对完手机号码后,帅奎就上了他们的车。帅奎本来已疲惫不堪,他坐在后座上,十来分钟后,他发现车内气氛明显不对。戴墨镜的高个儿在开车,两个瘦子分坐他两旁,从后视镜看,他们并无表情。帅奎在公司并没有见过这三人,他试着用中文跟他们沟通,他们全然没有听懂;又试着改换英文与来者沟通,后座上的瘦子看他一眼没有吭声。帅奎头顶宛如浇了一碗达到冰点的凉水,他试着给公司女助理打电话,一连拨打了几次,无人接听,听筒里只是循环地播放着一首哈萨克风格的情歌。帅奎又连续拨打公司办公室电话,那头陷入一片死寂。他明白公司晚上无人值班,又不甘心。

　　汽车出了机场后行驶在村野路上,远处掠过低矮的村舍和院落,在昏暗的汽车灯照耀下,能看见路的两旁依然有马匹在悠悠地啃食青草。汽车往未知的地方驰骋,帅奎明白他要出事了。

八

帅奎被安排入住陌生民房,那是一间木地板红砖房,墙壁上刷了粗糙的白石灰,还能看见磨损严重的砖块,房间近天花板的上沿有扇小窗,安装着五六根钢筋以防止犯人逃跑,形似鸽洞。房间带有简陋的卫生间,中间摆放着一张单人床,柚木地板用了数十年,踩在上面嘎吱作响,足可以让外面监守的人听到屋内的任何动静。

他的房间由接他的人看守。鉴于当地抢劫时有发生,一开始,帅奎以为他被绑架,但又不像。帅奎再次联系总办女助理,连续发去十来条语音,并没有像以前一样得到女助理回应。翌日上午,他又给公司办公室打电话,公司倒是回应了,当听说对方是帅奎时,公司法务部的人接了电话。帅奎情绪激动地说,这是非法监禁,无论在哪国这都触犯了法律,何况他还是公司的一员。然而,他没有得到明确的答复。到此,帅奎终于明白是怎么一回事:他让"钓鱼人"钓上来了。

接下来,帅奎在浑浑噩噩中度过了三天,这是他人生中最迷糊的时刻。他终于弄清楚这是苏联时期的民兵营改造成的监狱。他被监禁是为什么?非常时期,可能牵涉到非法入境?人心惶惶的各种事件仍在发酵,在静得能听见掉了一根针的房间里,听着屋外白杨树、洋槐树叶子被风吹动,在"吱吱"宛如磁带底噪的响声中,他能捕捉到一些不寻常的讯息:有跑步声,有忽远忽近的跑操声和俄语呐喊声。时隔一两个小时,不时有急促的警车声从距离不远的地方传来——这让帅奎确认他仍然在奥什城,只是可能在非常偏远的地方。依据直觉判断,他所在的地方应该是苏莱曼圣山山下的左翼,这里空旷无人，只有一些低矮的平房，来圣山朝圣的人一直在此地借宿。跨国公司的麻烦制造者——这是从驻扎的人说的俄语中得来的讯息。第二天，隔壁的铁门被打开，屋子外面檐廊上出现两个人用俄语对谈，从对谈的口吻与语气判断，似乎是在讨论他。依帅奎的经验看，檐廊上的人很可能来自内务部门。"肇事者"、重要民事案件嫌疑人——外面兵荒马乱的，任何讯息都可能被编造，与帅奎有关。这样，他就成了猎人手中的猎物，而那位充当向导的女子安娜反成了旁观者，她到底有没有怀孕并生下孩子，帅奎一概不知。

在第四天来临的时候，帅奎在无计可施的情况下，得到了真实的讯息。看守人递进来了小纸条，那是公司用笺，上面的内容表明他的事被定性为严重的事件，关系到公司在该国的声誉甚至生存。他将于明天受到审讯，公司要求他务必配合。

帅奎还没有见到女向导。他被安排坐进另一间房，房间由一堵墙隔开，上面是铁栏。帅奎坐的这边只能从一米高的地方望见另一边，他面对的另一边是敞开的，有两条凳子和一张桌子，铁门打开着，可以看见对面有阳光照射。大约十分钟后，从阳光里走进来一个戴小圆帽的本地男子，长着一脸络腮胡，眼窝深陷，身材精瘦，典型的中亚男人。男子年龄与帅奎相仿，精神看起来有点萎靡。紧跟在小圆帽男人后面的是个稍显肥胖、身穿制服的女人，画着浓眉，眼睫毛描黑，脸上铺着白皙的粉底。女人的胸章标志显示她是警察，属于当地内务部门。她和戴小圆帽的男人坐在帅奎对面凳子上。小圆帽男人看见铁栏后面暗处的帅奎时，瘦弱的身子往前扑了过去，抡起胳膊，亮出拳头，显示他的愤怒，枯萎的眼睛闪亮了几秒，迸发出短暂的光芒。女警察见状,示意他坐下来,男子又恢复成萎靡的模样。

一切准备就绪后,女警察开始问话,她会中文,但说得很慢。她在陈述中首先表明,这位男士是涉案女人的丈夫,他是一位厨师,刚从俄罗斯回来。女人的丈夫要求公司、内务部门严肃处理。说罢,她快速地翻开空白笔记本,在桌上整理了一番,开始抱怨道,非常时期,案子繁多,本来不应该马上处理他们的事,但因为是国际纠纷,所以加快处理。女警察还生怕他没有听明白,就比画着街上打枪的手势。

女警察正了正眼色,对帅奎开始正常审讯,他的答话都记录在案。年龄:四十岁零三个月。职业:999公司勘测部副经理。爱好:看书、经商。来了多久:两年。为何来到本国:来公司任职。女警察点了点头,算是记录完毕。女警察用俄语朝外面喊了一声,一个强壮的男警察从刺眼的阳光中出现了,他手里拎来一包东西,看起来很重,他把包裹搁在桌上。面对帅奎,男警察展示了一件令他非常吃惊的东西。

一件精美的伊斯法罕地毯。

"是不是你的?"女警察一字一顿地说。

帅奎没有说话。

"问题严重,你明白?"

女人的丈夫盯着帅奎。

帅奎原本可以辩护,甚至拒绝承认。女警察在盯着他,两眼放射出紧张与恫吓的光芒,描黑的眼睫毛让她的双眼看起来就像要马上行刑的枪口。费尔干纳盆地里那声枪响再次响起,强烈地刺激着他,他承认自己恐惧了,颤抖着低垂下头,又抬起来,做点头状。他承认了。

女警察松了一口气,做记录前还瞟了一下他。

这时,帅奎像是抓住了一根救命稻草。"事情会怎样?"他问。

女警察努了努嘴:"我们会有办法的。"

到此,审讯结束。

帅奎被带回红砖房后,想起刚才男警察展示的地毯,后悔不迭。那原本是他感谢那个女人的礼物。那次他和女人从楚河流域的公司基点返回费尔干纳盆地途中突遇暴雨,他在她的家中借宿了三晚,为了对女人的款待表示感谢,他带女人去了奥什城的大巴扎,花了五十美金买了件伊斯法罕地毯送给她。地毯并不大,异常精美,上面编织的是唯美的波斯细密画,主角是拿着权杖的以色列王所罗门,他骑乘着飞毯,在空中做出各种飞翔状,轻盈地巡视着人间。帅奎万万没有想到的是,飞毯成了他的罪证,如今飞到了地狱上空。

九

一个星期后,帅奎终于听到了那个女人久违的声音。隔壁先出现婴儿的啼哭声,然后是女人喃喃的催眠声,有人安抚着婴儿。虽然没有与她直接碰面,但她的声音太熟悉,帅奎确认是她无疑。现在,女人住在帅奎的隔壁,他开始观察隔壁女人和外面的动静。在一个白天,他听见了女人和男人在说话,说话的男人应该是她丈夫。两人用帅奎听不懂的语言激烈争论。帅奎听得真切,他感觉像在观看土耳其电影《冬眠》，这部电影他曾反复看过三遍。还有一次是傍晚，看守送餐过来的时候，隔壁又有了声响，但没有小孩的啼哭了，依声音分辨，应是女人在轻声地祷告。帅奎判断，女人应该不知道他就在隔壁。

连续三个晚上，她都在睡觉前祷告与哭泣。帅奎近在咫尺，上一次的审讯让他产生有如面对枪口的恐惧，而这些夜晚，女人不停地哭泣撕扯着他的心，真是奇幻的折磨，痛苦让他绝望崩溃。

后来，他终于和她见面了。见面时已是帅奎被监守的第十四天。还是上次的房间，一样有那位女警察在旁边，只是她改穿了短袖警服。

帅奎平静地看着对面。她的样貌没有发生变化，看不出她正在哺乳期。女人看到黑暗中的帅奎，开始很小声地掩面啜泣。

帅奎不为所动，他在心里说，人都是无辜的，我赦免你。

这是他最初接触音乐时，二十世纪九十年代末，在并不容易见到外国电影的乡下，看到的一部著名电影的台词。电影里面的配乐舒缓优雅，令人难忘，由此激发他开启了音乐学习之路，开始了未来的自我流浪。每个人都是无辜的，况且，他在自我流浪的过程中，并没有越雷池一步。

当然，帅奎承认他差点出了差池。他产生过莫名的欲念，那是一种温暖的情愫。虽然他们语言不通，但他相信对面的女人也一样能感受得到。在他和她一起经历三个月巡线后，他们配合得越来越同步，升华之处在于上次暴雨在女人家中留宿，想必这也是女人留宿他的原因。诚然，这是邪念，但是他并不能完全控制自己。

当时,他已经非常熟悉女人的家,和女人的孩子做起了朋友,白天的时候玩着最原始的猜拳游戏,他教孩子唱歌,还帮助女人割他们箱养蜜蜂的蜂蜜。帅奎不能控制的欲念在第三天晚上出现了。黄昏时的晚餐很丰盛,主食是馕饼、蜂蜜、羊腿肉和羊骨头汤,女人端出一瓶伏特加酒给他倒上,指给他看酒瓶上的俄文,酒精度显示是烈性。接下来,帅奎吹起口琴,女人跳起圆圈舞,气氛热闹。帅奎数杯下肚,后来,他昏昏沉醉,就这样睡着了,也不知睡到何时,半夜被尿憋醒,门外的雨仍然在下,只是小了很多。在一片蓝黄与淡绿的反光中,前方仿佛停着一片湖泊,分辨不出虚拟和真实,其中夹杂着牲畜圈传来的马嘶声和绵羊轻叫声,帅奎愈加晕眩。他撒尿回来,迷迷糊糊中弄错方向,走到女人的卧室门前,女人的卧室并没有上锁,仅虚掩着。他进门后,一股脑儿地坐到女人睡的那张宽大的地毯上。坐下来时,他发现气味有些不对,房间弥漫着一股与众不同的香草味。他把头倒下,香草味更浓了,他的手下意识地往香草味浓重的地方探去,结果,他摸到了一段躯体,柔滑、细腻、绵软无比,还有一股深奥的体温。倏地,他心里"噔"的一下惊醒了,他睁开眼睛,重新坐起来。黑暗中,他看见了女人,她也正醒着,没有动弹。她的眼白和房间天花板的反光融合在一起,屋子里的反光和地毯、褥子上面古铜色的绒线光芒交织,墙壁上有几张贴画,图中人物的脸上也泛着昏暗的光,好像正俯视着这一幕。有那么几秒,时间几乎停滞,他站起身,地毯上的女人一直没有发出半点声音。在她的注视中,他小心翼翼地退出了房间,把门带上,去躺在有小男孩的另一间卧室的地毯上,一觉到天明。

酒醉的画面一直停留在帅奎脑海里，给他强烈的刺激，带给他深重的罪恶感。这天过后，雨停了，女人打着手势示意小溪涨水了，邀请他再住一天，但帅奎以公司的事要紧，要急着赶回城为由离开了。看起来好像什么事情也没有发生，但从此以后，帅奎和女人去巡线的次数越来越少了，如果必须的话，也只是选择极短的路线，当天可以往返。直到十一月大雪封山，巡线结束了。

如果有事的话，赦免我吧，上帝。帅奎在心里说。

这次问询很简单，女警察只是在笔记本上写着密密麻麻的俄文。对面的安娜没有再哭泣，她闭起眼睛，嘴巴微微地一张一翕，似乎仍在祷告，整个房间仍然只有女警察的写字声。女警察终于写完了，她神经质地看了下帅奎，又看了下旁边的安娜，对帅奎说出一个英语单词——doctor（医生），又对他做了一个针管扎手的动作。

十

帅奎牵涉到的事件已水落石出，医生做完抽血化验处理后，虽没有最终答案，但公司女助理的神秘语音彻底消失了。回到费尔干纳盆地半个多月后，帅奎恢复了自由。刚过去的事对于他个人而言，好像是经历了一场虚幻的梦，当这一切过去后，好像什么也没有发生。这时天气已然炎热，高原上的太阳仍然像往常那样，轰轰烈烈。

帅奎犹如重生，随后他离开了公司，在公司开展股份重组的过程中，他把股份全盘清退了出来。他仍然寄居在该国，买了一辆二手车，每天在乡村公路上驰骋。接下来的日子，除了每天给已经康复的母亲打一个电话,他已经别无牵挂。他的人生就像一匹脱缰的野马,躁动过后,生活更加像一部默片,他再也不想回顾发生过的任何事情。

不过,事情远没有那么简单。W城的事情还在发酵,他和唐美玲离婚已成事实,他们的财产分割却没有因为上次帅奎拒绝律师而中断。母亲中风,确是由唐美玲和他的婚姻纠纷引起的,是女儿聪聪突然向奶奶透露,结果引起母亲中风。

帅奎回归正常生活差不多一个月后,W城的李律师又联系上他。李律师问:"之前怎么连续半个多月都联系不到您?"帅奎说:"生了半个月的病,刚从住院的地方出来。"李律师怀疑地问:"您在W城?"帅奎答:"没有。"李律师说:"帅先生啊,您和唐小姐应该坐下来好好谈谈。"帅奎知道他和唐美玲已是"冰冻三尺非一日之寒"。他回答道:"不必了。"这时,李律师表示出他的诚恳:"我知道您在高原,但是我开展工作并不影响您啊。"帅奎被他的认真样逗笑了,他说:"要不这样吧,我们换一种谈判的方式,李律师你看如何?"李律师说:"好啊,您说。"帅奎感慨:"唉,其实我们不是敌人,你如果还要调查,你可以和我做做朋友,换一种角度介入。你来一趟地球上海拔最高的高原,和我一起走几趟,你就知道了。"李律师沉默了,良久后说:"好啊,我和唐小姐商量看看。"

帅奎本有嘲讽的意思,想必唐美玲和她的律师不会再纠缠他了。令帅奎想不到的是,一个星期后,李律师打来了电话,说:"我可以去找您。"

五月中旬,帅奎在上次深陷旋涡的奥什机场与李律师见了面。

现在,他对任何东西都无所畏惧。李律师专门办了旅游签证,一见到帅奎,就哈哈大笑,说:"帅先生,您真了不起啊,连离婚案都别具一格。"车子在平常的马路上行驶,旁边的白杨树树影婆娑。李律师先是感慨了一番,这里的环境真好啊,就像二十世纪八九十年代的中国。路上,帅奎终于问:"案子到了哪一步?"李律师把一纸离婚协议书递给了他,说:"你们离婚反正是板上钉钉了,你们想解脱,现在只差一个无所谓的证。"帅奎说:"是啊。"他把离婚协议搁进收纳箱。他问:"她还好吧?"李律师说:"考了博士,好像前不久还换了工作,当起了策展人,很忙,经常在上海、北京、香港之间来往。"帅奎若有所思,问:"唐美玲身边是不是有人了?"李律师摘下眼镜擦了擦,才回他的话:"是的。"帅奎又问:"对方是做什么的?"李律师说:"好像是建筑事务所的什么合伙人吧。"帅奎心里"哦"了下,他想起唐美玲曾问过他有没有学过建筑设计。时过境迁,他们的故事真的早就落幕了,没有半个感叹号融进去。上次他和唐美玲在W城快餐店见面的时候,他们的故事就画上了休止符。

十一

帅奎能够被释放,是因为从医学角度判定他没有涉案。孩子为女人婚内所生,她的丈夫曾从俄罗斯回来过。整件事就像不稳定的局势一样,附带着很多不清不白,原本帅奎不想再发生牵扯,但李律师的到来,让他有了试图回头去探寻真相的念头。

顺着模糊的记忆,他和李律师一起去寻找关押过他的院子。在苏莱曼圣山的山脚下,他们找到了一处白色院子,里面有不少民房,院子大门上的铭牌有俄文标志。他在民房大门前停住,指给李律师看,说:"你来前,我生病的地方就在这里。"李律师看了看他,没有做回应。帅奎心想:如果李律师早来一个月,他会不会更加无力招架呢?

那天,他又折回了原公司打听女向导的消息。在公司总部,他见到了所谓的校友——总办的女助理,她眼神躲闪,低声说完"你好"就离开了。帅奎并没有得到想要的结果,他找到一起共过事的下属,从同事那里打听到,女向导已经离职了,在边境重新开放后,她带着刚出生的婴儿去了阿拉木图。

五月中旬是春夏之交,接下来,长时间的强降雨延缓了帅奎调查的节奏。他们在住处待了足足六天没有出门,帅奎正好可以静下心来和李律师处理婚姻财产分割的事。他对李律师提出以下协议内容:他拥有的地毯将在拍卖会上出售,至于矿业公司的股权,帅奎承认是事实,但因为已退出变现,他可以放弃,立即生效。李律师大概能听明白他的意思,好像遇到了难题,他马上联系唐美玲,通完电话后回来说:"还是一人一半,您和唐小姐来沟通吧,你们亲自达成协议就好。"帅奎拿来李律师的手机,电话接通了,却并没有听见对方说话。差不多一分多钟后,他们以静默的方式结束了"通话"。

他们在为财产分割进行最后一次协商的时候,当地电视新闻开始报道,紧随着局势平息,平均海拔在两千米以上的本国区域经受了有史以来最大的洪灾。等到太阳终于出来,重见天日时,帅奎对李律师说:"我们去乡下看看如何?"李律师说:"好啊,反正过几天我就要回去交差了。"

李律师陪伴着帅奎寻找过去两年多的踪迹,帅奎又重新回到熟悉无比的乡野,他又一次想起曾经的巡线生活。他们去了贾拉拉巴德,曾经熟悉的高低起伏的高原山坡上,生长出不少鲜黄色的花朵。李律师好奇地问:"这是什么花?"帅奎答:"野罂粟。"

满坡的野罂粟花就像郁金香,绽放得格外美丽,连绵的山坡上不时有和风吹来,那青绿的叶子在风中微微摆动。灾难过后,这里已经没有了人类和牛羊,身处野罂粟花丛中,帅奎别有一番感悟。现在,他在别人的心目中已经死了,可是他还是愿以这样死去的方式活着,原本以为他们一代人的生命会灿烂、美好,而现在,他们以一种麻木的方式活着;他们虽然活着,可是已经死了,就这样在虚度中挥霍人生,看起来既浪费,又没有目的性,多么可惜!他们活得越发像植物,而不是动物。帅奎深深地领悟到孤独的用处,在没有人的地方,就像高原上的野罂粟花,活成高原的植物多好。这是他独自漫长跋涉和在高原上驰骋的原因。现在,他已经从放牧、唱歌中醒来,赫然发现自己就是一株野罂粟。在这里,没有人管他是不是世界上最毒的植物,哪怕最毒的植物也会绽放出最美丽的笑容。这就是所有野花的魅力。

对于刚来不久的李律师来说,心中依然有疑惑,看到醉心于在最偏远地方流浪的帅奎,他心里在叹息。

"您为什么会来这里?风景虽好,但说真的,这里鸟不拉屎,寸草不生。"

"那你呢?也不会只为旅游。"

"是啊。"

"你知道他们为什么发生战争吗?"

"为了信仰,固化思维延续下的生存。"

"法律的结局,最后是零和博弈游戏;而爱恨情仇,最后是什么呢,是不是有一万种结果? 其实,我们不知道。"

帅奎说话时,好像唐美玲站在他的面前,他们彼此坚守自己的信仰,像默片里所有流淌过的事情:现在,我赦免了你,你赦免了我,这不就是所有无声中最好的答案吗?

他们在山坡上坐了良久,山坡上视野极好,可以望见周边数十公里远的景物。天空中有些云朵像白丝带一样地飘着,帅奎往群山中眺望,在不经意间,他惊奇地发现山峦中出现了一条水带,这是他流浪到此以来从来没有发现过的,那正是乌兹根的方向。帅奎决定开车前往西南方向的乌兹根,那是已经失去了联系的女向导的家乡。

当决定探寻这最后的秘密时,帅奎心跳在加快。他的车子从山坡上下来,开过前面的盘山路,到达乌兹根以后,陡然发现前面已经没有了路,曾经那些平缓的山坡、小溪都不见了踪影,只有一条新出现的川流,川流往下,下游一千米处是一个巨大的湖泊。川流横在面前,挡住了他们的去路,依据帅奎判断,正是前面连续十多天的强降雨改变了地貌,在人迹罕至的地方形成了堰塞湖,这吻合前些天的电视新闻报道。

这时,再也找不到曾经熟悉的道路、村子、树林。曾经,这里住过一个年轻的母亲、女子,她名叫安娜。她的木房在乌兹根,可是已经没了踪影。穹庐下,只是那倾斜角近六十度的山峰好像还能找到,但山峰没有了往昔的高度,它正被云雾环绕,山下已是巨大的湖泊,看起来神秘又陌生。

"我住过这里,可是现在什么也看不见了。"帅奎摆了摆手,指给李律师看。

往昔历历在目,帅奎本来失望地要和李律师马上离开,但是令他没有想到的是,忽地,一个红黄色的亮点映入他的眼帘,它漂浮在湍急的河中,往深邃的堰塞湖中央淌去。帅奎心里惊叫一声,他似乎辨认出来了,那正是他赠送给安娜的伊斯法罕地毯,它在随时都可能倾泻的湖中飞翔,像飘浮的飞碟,在如梦如幻的空中、湖中舞蹈。帅奎对李律师说:"我下车找个东西。"说罢,他奋不顾身地迅速奔跑至野芦苇及腰的河滩,为心目中的飞毯飞奔而去。

中亚的救赎

一

我负伤离开警队后,一度成了空中飞人。那年秋季,我与沿海友人一道去了中亚高原。下飞机后,由投资中介带领,我们先游览了一番高原胜景。从车窗望去,山川巍峨,冰川瑰丽,广阔的高山草甸上牛羊密布,飞速闪移的视野中马背上的牧民出没。不只风光美如春天,特色美食也令人沉溺,我们忘乎所以地过了一个星期,准备星期四跟着中介去巴特肯矿区。这天早晨,风雪没有预料地忽然而至,气温骤降,似乎瞬间转至寒冬,我们全被逼退回了旅馆。

雪暴迅猛,风刮得旅馆门窗啪啪作响,街上到了行人睁不开眼看不见路的地步。据我们下榻的旅馆店主阿信报信,接下来的半个多月都是大风雪。为安全起见,我们终日蜗居旅馆,平常玩点扑克牌,侃我人生中的两次历险:波黑战争发生时你们在哪里?我第一次出国,应朋友之邀去了塞尔维亚,在停电的小旅馆里度过惊险一夜;

从俄罗斯下通古斯河把皮草运回国的水路上，我们迷失了航向，我和当地通古斯女人一起力挽狂澜拯救了整批货物。天南地北地聊，就这样一共挨了四天，雪暴没停，在高原遇上了倒灶的事儿，先前游览大好山川的愉悦一扫而光。

"要不去俱乐部看看？那里开业，本来雪暴天气要关门的。"那时阿信提议说。

我们听取了阿信的建议。这趟过来我们有中介，但原本就打算多结识当地朋友，信奉"不把所有鸡蛋放在一个篮子里"的原则。来前，我就听说这里的旅馆收费高昂，还有些店主会对旅客进行隐性敲诈。阿信的信誉却不错，他是我的同省老乡，是我在俄罗斯仍旧做皮草生意的朋友介绍的店主。阿信对大家都很关照，经常提供些实时信息，他头脑也灵光，很快知道我在警局干过。

原来，俱乐部是一家叫"吉祥"的高档餐厅。那天下午，我们前去餐厅，阿信叫的出租车，把我们拉到一条小街街口。小街很寻常，逼仄、幽深，连街牌都没有。吉祥餐厅在街口，前面的餐厅部分很是宽敞，装饰豪华，吧台背景墙上镶嵌了三颗金色米其林星，证明它深受世界各国旅游者欢迎，因外国人常出入，它被戏称为"万国俱乐部"。

餐厅里的食客净是欧罗巴面孔，我们坐在大厅里观察食客们点好的菜品。约十分钟后，门口转进一个穿制服的人，坐到靠窗的餐桌边，他穿着雪靴，靴子干净锃亮。我在阿拉木图的寰球百货大楼见过这种皮靴，据此我判断，他不是牧民，而是城中上流人士。点菜的阿信看到来者，过去和他嘘寒问暖，互相拥抱，犹如老朋友久别重逢。

后来，阿信带领我们过去认识来者，他洋溢着一脸笑地介绍：

"这是甘孜先生,我们的功勋警察。他说有空请大家去他那儿坐坐,吃煮全羊呢。"

"像法餐的炖羊腿吗?不会改用伏特加烩吧?"我们中有人打趣道。

"这是一种特色吃法。"阿信解释,他想起我们来的目的,"他的办公室就在卡拉河对面,他很乐意帮助大家。"

甘孜先生的办公室设在一栋略显破败的小白楼里,楼房在卡拉河畔,从阿信的家庭旅馆就能看到河对岸,楼前挂着国旗,彰显它是政府机构所在地。一些来往中亚的人经历过各种不幸:有让投资中介算计吃哑巴亏的;有被投资方收款后一直称病的,神经衰弱或突发性脊髓灰质炎是其主要症状,那么该先去伊塞克湖畔休养或出国治疗。这一带的国家都小,出国总是那么快,从这座城市出发,往西的方向开车一个小时就到了另一个国度,对方是否会卷款潜逃成了疑案;最令人咂舌的是,有人签订多种文字合同时忽略了文字转译差异,居然要支付比约定款项多达数倍的金额,接下来不免要对簿公堂。其中,有些案例是阿信透露的,有些是我通过网络论坛和朋友群打探到的,这迫使我们必须和政府机构打交道。

前一次在吉祥餐厅,我们和甘孜先生喝了点黑啤,他临时有事匆忙走了。回到旅馆,我们议论着新认识的甘孜先生,大伙儿几乎都认定他是诚恳负责的公务员。

翌日,我们自作主张地去了小白楼,打算请甘孜先生去吉祥餐厅喝下午茶。

"你们好。"甘孜先生见我们一行到来,从办公桌那边伸过手来握手。

我们呆在那里,惊讶于他会讲中文。

他解释道:"这些年,中国人来得多,我学了个大概,只会说。"

他办公桌上摆着一摞绿卡,都是阿信说过的外国人通行证。

见我盯着绿卡,甘孜先生拿起来摇了下说:"我早就知道你们,你们不办,该罚款。"

我为之瞠目、费解,十多天来,中介一直没有提及办理。

后来得知外国人落地入境七天后,本该办理绿卡。

"甘孜先生,下午有时间吗?一起喝点茶。"我代表一行人发出邀请。

"对不起,有一个案子,我正在忙,要查你们。"甘孜先生摇了摇手头的绿卡。

我吓了一跳,莫非我们中有人出了事?

"有人出事,我在找他。"他终于解释了,"一个中国人,有名的侨民。"

他摆了摆手,大家沉默地看着他。

我刚舒了口气,又开始为那同胞担忧起来。我代表大家提出想法:"来这里,我们就为了寻点机会,当然,生意能做最好。"

"唉,就是风雪大。"同行的人里不知谁抱怨了下。

"今天不了。我有一件事情,可能需要你们帮忙,你们不是懂中国话吗?我们找一个能帮忙的中国人很难。"甘孜先生看了看我们,又瞧了瞧窗外雪色。

难道碰到有关华人的案子了？大家看着我，谁叫我懂俄语，又在警局干过二十多年呢。

甘孜先生打破寂静说："这样吧，你们住在阿信那里是吗？呃，晚点，我会去找阿信，我有事要和他一起讨论，或许他会告诉你们。"

没有请来甘孜先生，倒碰到稀奇古怪的事，我们一行人就此回旅馆去了。

回去路上，大家议论，莫非甘孜先生真要找我们？回宾馆后，大家还聊起有关投资的注意事项，联想到外面铺天盖地的风雪，每个人心里都紧张兮兮的，同时，目光又一次聚集在我一人身上。

晚上七点钟左右，街上很黑很暗，突然有人"咚咚咚"地敲我房间的门。

我打开门一看，是阿信。

"甘孜先生来了，我向他介绍了你，他请你过去一下。"阿信说。

甘孜先生果然来了，直到晚上才来。我下楼去一楼客厅，他坐在沙发上，手里仍旧拿着一堆没有签发的绿卡，他站起来和我握手。

阿信看了看甘孜先生，说："甘孜先生在经手一个案子，他想找中国人当助手，他说你们下午去找过他，刚才他又跟我商量了，他确实想要找中国人。其实他也求过我们，我们实在忙不过来，亲戚也忙，他们办服装厂很忙的，现在是旺季，有二十几万美金的订单要完成。马杰，与你同行的人都说你是行家里手，而且，现在你啥事也不能做，天气预报说至少有大半个月的风雪呢。"

阿信最后还不忘调侃。我为投资而来，万万没想到来这里会干起老本行，我有点犯愁。

沙发上的甘孜先生轻拍手里的皮手套，站起来，一脸真诚地说："朋友，我是有一个疑问、一个请求，我确实想要得到中国人的帮助。这事关乎中国人，我想要一个陌生人充当助手，阿信说你正好干过警察，那么，请参与吧。"

阿信眨巴着眼说："有报酬的。报酬不多，比整天待在房间里瞎吹胡侃还是好。再说，不是来投资嘛，了解透了总归好。"

二

阿信推举我担任警察的助手，作为调查华人失踪案的协助者，这是我出国以来不曾遭遇的，从后面一个多月的经历来看，这件发生在中亚腹地的事情远远超出了我的预想。

案子关乎一名在当地颇有名望的华商，华商名叫莫怀清，出生于上海嘉定，在这里定居已久，本地商业圈中人人知晓。五天前的晚上，他突然失踪了。据他那来小白楼报案的妻子说，五天前的傍晚，也就是风暴初袭的那天，他接了一个电话后出了门，出门前只跟妻子打了声招呼，说去参加什么酒会。当晚他没有回家，而且一直处于失联状态，迄今已经五天。

关于侨民的案子，即使他是上层人士，本地警察也通常不愿介入，甘孜先生却接了手。他给我分配了工作，主要是文字翻译和侨务联系，看能否找到协助案件侦查的信息。第二天下午，甘孜先生和我一起去华商家里探访。

甘孜先生开着老式拉达车去往卡拉河下游方向，莫怀清一家住在下游河畔的别墅区。这片别墅区是这座城市少有的高档小区,它靠近河水彻夜闪闪发光的卡拉河,在当地有一个响亮的外号——金区。来前,我们的投资中介就介绍过这里,说它像圣彼得堡冬宫,里面的独栋别墅形态各异,装饰典雅豪华,有些业主的别墅连房间都镀金。

没想到我这么快就来到金区。到金区只有一刻多钟的车程,我们到小区门口,甘孜先生和莫怀清的妻子用俄罗斯社交软件 VK 先进行视频通话,门禁开启双重验证,我们方进入小区。小区里植被繁茂,监视用针孔摄像头随处可见。按照指引,甘孜先生把车开到小区深处,一直到一栋看似不起眼的西班牙风格别墅前才停下。门口站着一个身穿裘衣的女人,看起来是在迎接我们,甘孜先生摇下车窗,她朝我们招手,随后,她指引我们进了别墅。

失踪的莫怀清果然是一名财资颇丰的华商,他们夫妻住着独栋别墅,室内装饰金碧辉煌,类似拜占庭时期的皇宫风格。女主人四十多岁,装扮典雅,一脸哀容。听甘孜先生介绍完我后,她坐在沙发上给我们倒温好的红茶,她对我说她姓顾,让我以后叫她顾小姐就行。

这种红茶叫锡兰红茶,产自斯里兰卡,茶色橘红,芳香甘甜,与巴扎上几块钱一公斤的茶叶有天壤之别,据说在此地只有上流人士才喝。

我们喝茶,顾小姐描绘起她先生:"我先生是一名商人,很有能力。我们过来做水果生意,这里的樱桃举世闻名,每一颗都比鸽子蛋大,还甜,他负责给世界各地发货。这样干了十多年,我们买下来这里,本来日子过得还算滋润。去年,他认识了一些本地人,矿产推介会来的,他们和我先生称兄道弟,其中有个人还来过一次我们家里。我先生从那时开始介入矿产投资。"

她手里拿着手帕,遮掩住半边脸颊,可知刚流过泪。她说的话让我一阵悸动。矿产推介会?怎么和我们来此处的渠道一模一样?我问:"为什么转行?你先生莫非很懂矿?"

"我们结婚前,他在云贵、缅甸那里待过,我不知道他做过矿。我们感情很好,可我从来没有往这方面去想,看来我不够了解他。有一天,我和他为这事争论。我说,你看起来就像抽风了,我要回国,过安定日子。他说,当初出来为了什么,打心底里说,他为了帮助穷苦牧民,不是每户人家都有樱桃园,也不是每一个人都有工作,但现在这里的大地每个人都能拥有……你们先听录音,我先生出门前,他和别人在电话里讨论这些。"

甘孜先生开始听录音。这是一部精致的新式座机电话,女主人拨通了号码后,机子清晰地播放录音。录音里,莫怀清与人用俄语和汉语交替着说话,我和甘孜先生仔细聆听,里面谈的是新矿开发,录音后面是邀请莫怀清前去参加酒会,他的学生邀请的,地点在吉祥餐厅。到此这通电话结束,随后又来了一通电话,他们已经改用当地语交流。

"他们平常去哪里聚会?"我和甘孜先生不约而同地询问。

"没有一个准数,有时他们直接去我先生办公室边上的本地餐馆;正式会谈的话,就改去俱乐部;与朋友聚会的话,他们经常去原来疗养中心的民族餐厅。为了看矿,他们去矿区实地考察,等到项目最终落实,会在山里和牧民一起庆祝,在蒙古包里喝点马奶酒。"

"俱乐部？吉祥餐厅吗？"我问。

"他们去酒会是星期几呢？据我所知，我们这里的聚会都是星期六。"甘孜先生问。

"说不准，那天星期四。是吉祥餐厅。"

"那么，绝不是参加酒会。"甘孜先生看了下我后说，"星期六聚会才是我们的传统。"

"你先生就没有注意这点吗？"我插话道。

顾小姐摇了摇头，回忆道："往常，他前去山区，一个来回也就三四天，可是，现在五天的时间过去了。录音留下的手机号码，我打过，那边的人竟然说不认识我先生，说打电话的人走了。那是街头公用电话。现在，我联系不上我先生，打他电话一直是忙音。"

顾小姐不再顾及羞赧，小声啜泣。别墅深处蓦然响起一串不连贯的音符。

是钢琴练习。这引起我的警觉。

"我孩子，他才九岁。天气不好，学校也停课了。他还不知道他爸的事。"

"那交给我们吧，你很幸运，能得到马先生的帮助，他在你们国内也是一名警察。我相信这事很快会有结果。"甘孜先生咕哝了下。

甘孜先生开始查抄座机里能翻找到的电话号码，然后交给我。见我把小纸片夹在笔记本里，女主人顾小姐拉了下我，让我到一边说话。我走到客厅一侧，因同是中国人，她说得就直接了："你们能找到吗？我们掉进窟窿里后，我连死的心都有了。"

我深深吸一口气，盯着她忧郁迷茫的眼睛，可是作为人过行的人,我明白这是一桩难事。寻找一个失踪的人,不要说人生地不熟,就是在国内,失踪案的结果也有许多不尽如人意的。迫于以往经验,我不知如何作答。

"案子是困难的,可总有来头,我会完成的。"一旁的甘孜先生倒颇为笃定。

我们忙活了近两个小时才从金区告辞,离开前,甘孜先生取走了一张莫怀清的彩照,我留给了顾小姐我的私人电话,还对她特地叮嘱了一番:"随时注意来电,特别是匿名电话,兴许电话还会打过来,一有电话就马上联系我们。"

从金区出来,我心情沉重。从金区到家庭旅馆的路上,甘孜先生把车开得很慢,汽车音响播放着乌兹别克琴手弹奏的弹布尔,落音声声点点如石子般砸在我的心里。我们谁都没有说话。途中,车子路过吉祥餐厅的街口,众多高大陈旧的苏式建筑中,这次我准确瞅到了餐厅。街口风雪婆娑,雪屑横飞乱窜,让人如置身万年冰河内仰视冰水直流。

甘孜先生把车停在街口,他说去报刊亭买报纸。他下车后,坐在副驾驶位上的我一边盯着吉祥餐厅,一边无聊地吸烟。本地的烟有一种特有的苦涩,味道莫名地绵长。在风雪中的车上抽烟,会有一种迷失感。

这时的街口几乎什么都看不实,只是风雪让餐厅门口看起来人头攒动,其中好像能看见一个冻得哆嗦的少年。少年戴着一顶鸭舌帽,举着手机贴近餐厅的橱窗在拍照。

后来，甘孜先生抱着一堆报纸回来了，他说先去餐厅喝点酒，然后他回小白楼。他问我去不去，我婉拒了。下车后，我回到了阿信的家庭旅馆。

旅馆里，阿信正闲着，在楼下烤壁炉。我感觉这次是麻烦案子，既然阿信和甘孜先生是老朋友，他定然知道甘孜先生不少事情，于是，我便和阿信聊了聊，听他胡吹海侃了一会儿甘孜先生的往事。

"甘孜是个狠人，先说一桩轻案给你听吧，发生在那不大太平的年份里。奥什城的人不是好打台球嘛，在俱乐部后面的巴扎，那里有很多台球馆。那年，有两个本地小青年为抢球桌揪打起来，其中一人动起刀子，与他打架的人肚子被捅了，肠子露了出来。挨刀的在地上呻吟，动刀的在旁边笑……甘孜接了警，他赶到那里，不知怎的，动了气，用警棍把拿刀人的腿骨敲折了。"

"然后呢？"

"还能怎样？他教训了小青年，小青年家族的人找上门来了，围攻小白楼，端着枪装模作样地说，他们要和他决斗。这里有这里的规矩，就是决斗，他们要和他来一场公正的决斗。甘孜说，这不符合我们的传统规矩，打架可以，双方要公平，如果都用拳头，或者都用刀子的话，他决不退，他还要通知记者现场报道。后面双方决定用拳头不用刀子，小青年家族派人上。结果到了正式决斗日，代表没来，记者把它写上了新闻。看他是警察，谁都不肯上。"

"那不成打架斗殴了吗？为什么不敢？"

"你清楚甘孜的体重吗？两百一十二斤，一个得过'全国摔跤能手称号'的警察，我想你也应该能猜到，没人敢跟这样的人摔跤！"房东阿信爽朗大笑，又说，"后面甘孜又处理过几件影响很大的事，命案、金融案、醉酒斗殴案，有些案子曲折离奇，连报纸都会报道，有的会连刊三天，像现在的暴风雪，专供没事的人揣摩。案子没完没了，唉，他就是这样。"

"那么都了结了吗？"我自然想起莫怀清的失踪案。

"哪有那么容易？他是信心很足的人，可经常喝醉酒，他是酒徒！一喝醉酒就晓得没结果，我们习惯了。他成这样，也是没人管他，他离婚了。"

"离婚？"

"你知道怎么离的吗？那是一件奇怪的事情，姑且叫它'出国旅游'。这里的警察权力大，可连他自己都碰到怪事。他妻子以前是个舞女，他们结婚后很恩爱，只是还没来得及有孩子。六年前的九月，他妻子出国旅行，到了咸海边的度假城。他妻子到那儿后不久，他意外地收到一份电报，竟然是他妻子签署名字的离婚申请。他和警察局的同事跑去咸海边核查，调查途中，突然有人匿名向当地警察局报案，一口咬定他妻子是电信连环诈骗案主谋，也就是说他妻子有罪，那么等同于他有罪。事实上似乎是他妻子陷进了某个神秘组织，他妻子杳无音信，半年后才发现，已经死了，陈尸咸海边……那是一个美丽的女人，整天头戴飘逸的白头巾，报纸当时还刊登了她的死讯。"

"这样。"

"是不是很残酷很离奇？这里的很多人都知道。最开始，他们都喜欢这里，喜欢这里的爽朗，喜欢这里的美丽风光和烤肉、黑啤，最后都没法待下去,万事没有那么简单啊。"

壁炉里火焰燃升,犹如幽灵。这时,壁炉上头的钟"嘀嗒"一声,显示已是下午五点,旅馆将准备开餐。听阿信聊到这里,我正要转身上楼,口袋里的手机响了,拿出来一看,是两个来电提示。

分别是甘孜先生和顾小姐的电话。我连忙去旅馆一楼卫生间,先回顾小姐的电话。电话里一直是时有时无的声音,语焉不详,拼成完整的话大略是:"你们快停止吧,这样是不是要我们别活?求求你们了。"她呢喃着,央求着,重复了好几遍。她在啜泣,一声比一声小,后面夹杂断断续续的烦人的钢琴练习曲《致爱丽丝》。顾小姐欲言又止,让我听来就像暗语,也许她电话里不方便透露太多。我听了约一分钟,出于以前培养的职业敏感,我装作大大咧咧的游客大声说:"对不起,打错了,我是游客,你会平安的。"便挂断了电话。

顾小姐定然接到过要挟电话,所以才打电话向我求助。我们去过顾小姐家,拨打陌生电话的人也许知道这事警方介入了。我的直觉是,陌生电话肯定骚扰过她,至少说出过有关莫怀清的现状,触发了顾小姐的绝望情绪。

三

我飞速赶往吉祥餐厅。刚才我在接顾小姐电话,甘孜先生挂断了打给我的电话,我赶紧给他拨过去,这时的电话里只听见他粗重的喘息声,好像他正在雪地里奔跑,除了不停地喘息,他全程没有说过一句话。

等我乘坐出租车赶至小街口，甘孜先生正站在餐厅门前打电话。

"马先生，现在只有你，真是辛苦了，请跟我来吧。"见我过来，甘孜先生停止了拨打求援电话。现在是下班时间，没有人会过来，这符合本地人懒散的生活习惯。他把我迎进餐厅，坐在一张餐桌前，餐桌上摆着一份油封鸭。直到这时，甘孜先生才悄声讲他在餐厅里的发现："有人在跟踪我。"

这一下子让我绷紧了弦，联想到金区里的顾小姐，顾小姐是不是也遇到了这种危险情况？我接到顾小姐的电话，隐隐感觉她已经在可疑人员的掌控中，只是金区安保完善，她暂时没有生命危险，但随着时间流逝，说不定她也会和她丈夫一样沦为失踪人员。同时，依据甘孜先生的说辞，陌生电话背后的人已开始跟踪办案人员。

我一想吓了一大跳，问："您看到跟踪的人了吗？"

"唔，不会差的。我们从金区出来，您知道我为什么到这里下车？"甘孜先生反问道。

我摇了摇头。

"跟踪是什么时候开始的？"

"我们去过顾小姐家之后。"甘孜先生说。

看来莫怀清被绑架一事并非意外，其实他被盯梢已久，这又让侦破难度陡增。

"我刚坐下吃饭，点了一份油封鸭，想要上点酒，抬头发现橱窗外有两个人瞅着我，其中一个男孩对着我拍照，那是个戴帽子的少年。看到我注意到他们，另一个高点的抬腿就跑，那是个小胡子，我相信他是我们真正要找的人。我放下叉子,跑出去追,他跑得快,快得像雪豹。我只能跟着戴帽子的少年,尾随他往雪地里跑,一前一后,少年跑到巴扎那里去了……这下,我就放心了,哈哈,我现在知道他藏身在哪里了。只是我一个人还是不太行。"说罢,他饶有兴趣地问我,"马先生,我年轻时就喜欢抓羊,吉尔吉斯人喜欢在马背上抓羊,那时我还是一个浪子。你有兴趣和我一起完成吗?"

甘孜先生激动、亢奋,刚才的出击让他浑身冒汗,还有他刚刚灌了一大口的黑啤,酒激发了他的狂热。我保持着冷静,环视了一下四周,摁亮手机屏幕,把来电显示给他看。我全程没有说话,我想甘孜先生看到这个已接电话号码,应该明白顾小姐给我打过电话。

"我明白。这个号码也给我打过,可是我在追人,回到餐厅就错过了。现在我不担心了,既然已给你打过电话。"甘孜先生提起顾小姐,他已经注意到餐厅里不宜讨论,他也没有明说拨打我们电话求助的顾小姐姓名。

天色黛黑,被雪一照,高原天际残留孤寂的天青色。停不下的雪暴中,似有一位枪手用肉眼凝视着眼前的街景,瞄准器调焦,街道在其中自动加深层次感。不过,餐厅里应该暂时没有枪手。我说:"很明显,这是有组织行为,他们联系过她了,不知她有没有危险。"

"我已经知道了,他们出现了,这是一个大型跨境犯罪团伙,属于'Yada 组织'分支,他们还盯上了你们中国人。"

我装作不上心地摇了下头问:"您打算怎么办?"

"马先生,先不谈烦人的事,我们来一起享用这难得的晚餐吧,实在太饿了。"说到这里,甘孜先生卖了一个关子,他转身用俄语招呼前台的女服务员。

女服务员过来给我添置餐具,还把餐巾布摆在餐桌上,甘孜先生在领口处已经挂上餐巾布。这样的时刻吃一顿丰盛的晚餐?我颇为惊愕。

"马先生,晚餐在这里是最重要的事情,我们有一句谚语:'风雪总在吃饭后面停止。'既然羊不想要我们吃这顿饭,那现在更要好好地享用晚餐,我们慢慢等待吧,然后做一名舒服的抓羊人。"甘孜先生看出了我的疑惑。

"今天,我请客。"他还调皮地说。

不知他唱的哪出,先吃饭再办案,他可真有闲情,但我的心揪得很,该不该返回金区看看顾小姐?唯一给我信心的是,金区安保非常完善,未经验证的陌生人员无法轻易闯进去,那么,顾小姐大概只是接到了陌生电话,这一推测的前提是——她已经被监听,既然莫怀清带陌生朋友来过家里,说不定变故便由此而来。

现在,既然甘孜先生要吃晚餐,我只好陪同。确实到了用餐时间。餐厅里的不少外国人在讲土耳其语和俄语,偌大的餐厅,陌生的语言分布于各个角落。服务员把我们的菜端上来了,甘孜先生点的是套餐,服务员给我上了一份油封鸭,还有大块的牛切排,另有一块加莱特饼,饼的周围布满奶酪,上面有不少培根。服务员还用高脚杯给我上了一杯牛奶。这是加盐酸奶,当地特色。显然,这是一顿丰盛的晚餐,凸显着精致和异国情调,这些吃食和牛奶出现在傍晚,同时摆放在很有格调的餐桌上,看起来像一幅静物画。

这家米其林餐厅是一家法国餐厅,身处其中会让人误以为不是在亚洲腹地,而是到了法国或者瑞士。近年来,这里大力发展旅游业,尽量给游客留下最美好的印象。我默不作声地用餐。餐厅中央那盏晶莹剔透的吊灯不停地折射出璀璨的光芒,很是亮眼。不远处的橱窗上檐是米色巴洛克风格装饰,上面垂挂着一排小铜铃。餐厅内部有丝丝的风轻微流动,铜铃偶尔发出轻微而清脆的铃声,铃声悦耳,却让我不时抬头,警惕地查看周边食客。

在异国他乡的西餐厅吃饭,永远是那么刻板和无声,我低下头享用这些西式佳肴的同时,还需要用余光不停地观察食客,看餐厅里是不是掩藏着刀光剑影。

我在胆战心惊中吃完餐桌上的食物,心里想着顾小姐,刚把刀叉放下来,餐厅前台上的挂钟"叮当"的一小声,显示时间到了晚上六点半。差不多同时,甘孜先生把他盘子里最后一块培根吃完了。他取下餐巾布,微笑着说:"我们先去巴扎,他们以为我要放弃,现在是采取行动的时候了。"

我和甘孜先生去了吉祥餐厅后面的巴扎。傍晚过后,风雪有消停趋势。我们吃完晚餐,已是大半个小时过去,无人的小街深处仍然残留着脚印,这些脚印往小街深处的巷子里延伸,起初是四大两小,到巷子的转角那里变为两大两小。随后,小脚印跃过一条小巷,大脚印紧跟,走到一家打烊的理发店门口时,小脚印消失了,此时已经进入巴扎的范围。

这座城市的巴扎是全世界最大的巴扎之一,兜售中亚各国特产乃至世界各地商品。刚来城市的第一天,我和朋友们来过,购买了颇具民族特色的毡帽和毡鞋。没有想到,它还是罪犯的窝藏地点。

理发店门口没有积雪,从门口斜过去,有一排牛羊肉铺。天色已晚,铺子都打烊了,再进去就是塑料棚搭就的巴扎,里面主要是生活用品店和服务店,现在同样打烊了。塑料棚底下黑乎乎的,只有几百米处的尽头有微弱灯光闪现,透过这些灯光,能看出那里有几处娱乐场所。最多的是台球馆。我上一次来巴扎时,曾去那儿探秘,当时,陌生的当地人用深邃的目光打量着我,为了避免产生误会,我没有在此多做停留。今天,塑料棚的深处亮着一盏微弱的白炽灯,可知有台球馆在营业。

从吉祥餐厅到台球馆有一千多米的距离。

我和甘孜先生循着雪里的脚印走到理发店台阶边,进入塑料棚底下的过道。甘孜先生步行迅疾,很快就到了巴扎后面的几家台球馆那里。最前面一家台球馆亮着灯,铁门半开,还在营业。甘孜先生在铁门门口停下脚步,打量着铁门里头。台球馆很小,看似破败不堪,大厅里除了一张大的斯诺克球桌,另外只有四张小台球桌,而且,其中一张桌子肉眼可见有些倾斜。昏暗的灯光照射着大厅,大厅像空旷的野外,风雪天里没人来打球,一股糜烂的气息从巴扎那边吹来,在空中肆无忌惮地飘荡。

甘孜先生盯着大厅里唯一的人,那是个看似有点腼腆的高个儿,他正站在前台算账,头戴一顶鸭舌帽。帽子像球馆专门订制的员工帽,还有帽徽,是一只黑色双头鹰。

甘孜先生敲了敲铁门。见黑暗的门口站着一个身材魁梧的人,后面还跟了一个东方面孔,高个儿目光发怔,不解地注视着我们。这时，我跟甘孜先生走进大厅。跨过铁门后，我心里在做下一步准备，接下来可能会发生一场激烈的争吵或搏斗？难道高个儿就是监视甘孜先生的人之一？

这样的事没有发生，我的反应也许过度了。高个儿循着大厅里那微弱的灯光望向门口，认出来者后，他友好而豪爽地笑了，躬下腰，热情洋溢地用当地语向甘孜先生打招呼。甘孜先生走到前台，和高个儿握起手来，同时，不时瞥着高个儿的帽子。

高个儿和甘孜先生攀谈起来。难道他俩认识？这颇令人困惑。他俩谈话甚久，谈话过程中，我一直在观察着高个儿，心想：甘孜先生的葫芦里到底卖的什么药？

他们攀谈时，高个儿脸色有了变化，变得异常凝重，他扭头朝球馆的内屋大喊。

从里屋出来一个少年，那是戴鸭舌帽的少年，帽徽仍是黑色双头鹰标志。少年十五六岁，站在大厅靠里屋门口的一张台球桌旁边，看见甘孜先生，他连忙低下头。

看来他是高个儿的孩子，我猜测他就是在吉祥餐厅外面监视甘孜先生的人之一，甘孜先生大概是通过帽子知道少年在这里的。

高个儿和甘孜先生一直在用当地语讲话，他们终于说完了，只见高个儿走到少年面前，用当地语激烈训斥，他训得很凶，让不懂当地语的我都能感觉到熊熊怒火。就在下一步不知会发生什么的时候，高个儿抬手给了少年一记响亮的耳光，少年被打得直踉跄，捂住腮帮，低声啜泣。

甘孜先生走过去，拍了下高个儿的肩膀，像在劝阻，让他不要再打骂了。高个儿的脸色非常难看,点头说了一连串话,像在向甘孜先生道歉。甘孜先生面露欣慰神色,两三分钟后,他要走了,和高个儿再次握了一下手,就出了台球馆大厅。

我跟着甘孜先生重新走进黑乎乎的塑料棚底下。

"甘孜先生,那孩子是怎么了?"忍不住好奇的我追问起来。

"晚餐前,我追的人里就有这个孩子。"甘孜先生说。

"你们认识?事情该怎么办?"

"台球馆老板认识我,还是以前一件事上了报纸……发生在巴扎这里的事吗?唔,我想想,到底是哪件事……"甘孜先生嘀咕着展开回忆,随后他打断了自己的思路,"没有呢,明天他们会去小白楼报到。"甘孜先生说着说着,长舒了一口气。

"他们真的会去吗?"

"马先生,我能看出老板是老实巴交的人,他很善良。我们重视信誉,谁也不想犯上事情,城市也是,毕竟它是一座国际大都市。"

"甘孜先生,你是不是忽略了什么?顾小姐可能有危险。"我提醒道,满眼焦虑。

"老板不知道他孩子在参与跨境犯罪组织,我不想给这位父亲难堪。"甘孜先生停下脚步,转过身看着我。我提及的事,他不管不顾。

"为什么?"我有点想当然。

"关系到尊严,珍贵而美好的感觉。"甘孜先生回头,庄重地回答,"顾小姐的事情我知道。马先生,今晚好好睡上一觉。"

四

其实，那夜我无眠。第二天，我早早地就到小白楼了，我一直记挂金区里的顾小姐，再者，台球馆老板果真会来小白楼吗？我很是狐疑。不料，我一到甘孜先生的办公室，就看到台球馆老板和他的孩子，他们先于我赶到。父子俩正站在甘孜先生的办公桌前，高个儿对着甘孜先生毕恭毕敬地说着话，一脸愧疚，还不停地点头哈腰；旁边的少年左脸通红肿胀，像被毒辣的高原蜂给蜇过。昨晚我们走后，台球馆老板大概以父亲的方式对孩子进行过一番教训。

"这是他们留给我的。"高个儿一直在说当地语，而不是俄语，这是他说的我唯一听懂了的一句俄语。发现站在旁边的我听得仔细，悲伤的他愤怒地扭过头来，对我摊了摊手，然后，颤抖地解开他那厚而破旧的棉袄上衣，露出干瘦、黝黑的胸口。只见他左肋那里有一道刺眼的疤痕，这道疤痕从后背那里往前胸延伸，长十多厘米，可见他当时受的伤是致命的。高个儿的目光里已经没有羞愧了，除了满目的悲伤，还有倔强和顽强。

少年看了看他父亲的伤，很快低下了头。

我赶忙示意高个儿穿好棉袄，又无奈地看向甘孜先生。

甘孜先生站起身，从办公桌后面走过来，拍了拍高个儿的臂膀。高个儿又躬腰和甘孜先生说了一番话，绅士般地鞠了一躬后，带着孩子退出了办公室。不久，我从办公室的窗子看到他和孩子下楼离开小白楼后，徒步穿过了一座桥，往卡拉河对面马路上的公交站点走去，要乘坐公交车离开。

"他们怎么又走了？"我觉得蹊跷。

甘孜先生事务繁多，台球馆老板和少年走后，他一直在整理桌上的资料。

"马先生，我记起当年的事来了，这是台球馆老板刚才说的，我还没想到呢。他说很感激我救了他。那年奥什城暴乱，我整夜守着巴扎。当时一天晚上，老板说回台球馆路上被歹徒追杀，他受伤跑进了巴扎，有我守着巴扎，歹徒不敢追进来，竟然意外救了一个人的性命。没想到是他。昨天我们走后，他们就关了台球馆，他询问了孩子整个晚上，打了孩子三记耳光，他孩子都招了，承认和Yada组织的人有来往，犯罪组织发出过指令，命令他们确认警方是否介入了中国人的失踪事件。少年是想邀功，他这样干，只是对吉祥餐厅好奇，他们家穷，从来没有机会去餐厅。台球馆老板说，他孩子自从辍学后，一直跟着他，不承想孩子成了坏分子，他说他从来不想这样。他感激当初我救了他，现在，他准备把台球馆关掉，冬天根本没有生意，他们的生活本来就艰难，现在他不想让孩子彻底变为坏分子，而且，他们也不愿招惹这个跨境组织，他打算趁着暴风雪先带孩子回老家。"

甘孜先生把高个儿说的当地语转译给我听，可是台球馆老板和少年一走，我云里雾里。

"他们过来，就为说抱歉的话吗？而且，他们人已经走了。"我说。

"哈哈，我说了，我们穷，可是我们的人看重信誉。他说他孩子愿意带我们去找他朋友，他朋友才是Yada组织的成员，他只是监视我的人。"

"啊,那可是一件大好事。怎么办?"

"我说既然你们要离开回乡下去了,我想请你们吃饭。他们答应了。不过,老板说吃饭前,他们要先上圣山苏莱曼山请罪。他说他们是有罪的,要先赎罪。还有,他们为了丰盛的晚餐要去准备一下,至少要穿一套好点的衣服,仪式感对我们很重要。"

甘孜先生的话里有一点幽默,有一点凝重。可我没笑,经历过多以后,我已经品尝不出轻佻的幽默的味道了。我说:"这样安排是秘密的吧?"

"确实,这些都是秘密。"

我还是没有想到如何解救莫怀清。

"马先生,我要你帮我,这两件事你能做得到,而且,你做最合适。"

"什么事?"

"明天上午麻烦你陪着他们父子俩去苏莱曼山吧,你懂俄语。然后你与他们父子一起去吉祥餐厅,你们一起吃饭,台球馆老板答应和我合作,也是最后一回。你们在那儿一起等 Yada 组织的线人。我已经说你是前来投资的商人、一名富有的绅士,现在,你是老板,愿意给他们提供工作机会。"甘孜先生目光笃定地说。

"老板?"我悠悠地反问一声,感觉这事重大。我略作考虑,说:"这事要不我先跟我们同行商量一下?"

说实话,我有点犹豫,甚至犯怯。甘孜先生嘴里的我的角色,大概就是鱼饵,这一趟如果我请台球馆老板父子俩去吉祥餐厅,目的是让鱼儿上钩,这对于我个人而言有很大风险。让鱼叼住饵,饵非死即残,我为何要冒这般大的风险呢?

"好的,你可以考虑一下,不过我希望你参加,你对于我们是陌生人,谁也不会想到一个中国人会帮助我。你们中国人不是说'以其人之道,还治其人之身'吗?哈哈,以前的中国朋友教我最难的一句话。"

我从小白楼回了家庭旅馆,准备先和同行朋友讨论,再决定该不该参与甘孜先生的冒险行动。在家庭旅馆一楼,大家像听天方夜谭,围着我听我讲述几天以来的经历。我说我会和少年父子一起上苏莱曼山。阿信说,苏莱曼山是圣山,当地人感觉犯了罪恶,就会去圣山赎罪;他们觉得罪恶是一种病,自己就能把它医好,人们都想医好自己,所以上山的人特别多。

当我说完甘孜先生布置的陷阱,与我同来的朋友却都不赞同我去冒险。我本为投资而来,结果变成了风雪中的奇葩历险,当然令人窒息了。我回想起二十世纪二三十年代卓别林表演的黑白无声电影,电影演绎的追击与逃亡倒是好玩,不过,荒唐和夸张的是,我将活生生地演绎命悬一线的故事,这是我的预感。

"这位叫甘孜的先生敦厚、诚恳、负责,可总感觉他带有目的性。这样看来,他为什么要你这样做?你是来做生意的,当地警察利用一名来投资的热心人,那么以后该怎么操作?难道以后要警察整天来保护你?"

"马杰,这事需深思熟虑,你了解这里?还是想和一名警察做铁杆兄弟,好保护未来的收益?"

我的态度看似中立,不过老实说,冒险似乎是我天性里的一部分,否则早年面临职业选择时就不会选择做警察,更不会第一次出国就跑去战争中的塞尔维亚,后来又和朋友去俄罗斯叶尼塞河流域探险。最后我一锤定音:"通过这件事,我就知道来此处的本来原因了,这是我的个人目的。何况,我没有绿卡,没有绿卡的人身份是不存在的,间接证明查无此人、查无此事。"

五

翌日上午,少年父子要去圣山苏莱曼山。

我按照甘孜先生说的,约定在卡拉河边上次他们上公交车的站点等他们。上午九点,他们果然到了那里,随后我用俄语和他们打了招呼,他们父子俩懂些俄语,不过,后来我们谁都没有说话。

接下来,我叫了一辆出租车,准备和他们父子俩上苏莱曼山祈祷。上车后,坐在副驾驶位的我从后视镜发现了情况:坐在后座的少年手里一直握着一个铜铃铛。

整座苏莱曼山都是景区,它是朝圣者心目中的圣山,还是当地恋人心里的爱情之山。苏莱曼山景区收费低廉,二十索姆,折算成人民币的话,还不到两块钱。往常游客人山人海,现在,风雪天无人到来,也无人售票。到了空荡荡的售票口,我和他俩一起翻越门口低矮的栅栏,朝山脚下走去。雪中行路艰难,我们走得跟跟跄跄,就像风中飘摇的落叶。也不知走了多久,我和少年父子绕到了苏莱曼山的左侧山脚。

那里有一座小巧、美丽的清真寺,他们父子瞻仰了一番,随后走到距离清真寺一百米的缓坡那里。距离清真寺不远有一棵掉光树叶的樱桃树,他们父子俩走到樱桃树的旁边,冰天雪地里,跪着开始祈祷。

半个多小时过去,他们终于祈祷完毕。这天零下十摄氏度,旁边站着的我早已被冻得瑟瑟发抖。少年站起身,看了我一眼后,独自走到缓坡的一处平缓的雪地里。只见他双腿跪在那里,双手扒开积雪,然后慢慢地在冻土里刨出一个小坑。大约十分钟后,土坑已经刨好,只见他冻得通红的手伸向衣兜,掏出一件东西——就是我在后视镜中见过的铃铛。少年把小铜铃放置在坑中,掩埋起来,等到埋好,伫立在那儿,又祈祷了一番,才走回他父亲身边。

对于他们父子的举动,我心里一直充满疑惑,我想起吉祥餐厅橱窗上檐悬挂的风铃。

"掩埋风铃是按照我们的传统。如果罪过消失,它就会一直留在这里;如果罪过还在,它就会消失。等过一个月,到时我们会来。"当要出苏莱曼山时,台球馆老板终于对我开口说话。

这是一句俄语,台球馆老板替他孩子说的话,这也是一路上父子俩对我说的唯一一句话。

圣山的宗教仪式后,巨大的风暴要正式来临了,这越发加剧了我内心的斗争与惶然。

在苏莱曼山忙活了老半天,从山脚那边下来后,我带领他们走进我来过两次的吉祥餐厅。我寻到一处能坐六个人的长条餐桌,然后等着"大鱼"出现。这时,我内心已然紧张起来,像被拧紧的发条,揪得我喘不过气。从苏莱曼山下来后,我像是中了魔咒,等坐定,只能看向窗外。风雪悬浮在空中,看似透明,但与典雅的餐厅那些柔软的光芒相比,雪粒无光无形,只能感觉到有风,风从东面刮来,像刚翻过遥远的天山。直到这时,我才注意到台球馆老板和少年,他们果真换了衣裳:昨天、前天穿棉衣,今天各穿了一身笔挺的西装,干净、稍显陈旧,甚至还有点不合身。

看到我在打量他们今日的穿着,少年父子顿时面露羞赧。他们看起来和我一样紧张,始终没有说话。

我等着少年在 Yada 组织里的朋友出现。为了避免尴尬,我先点菜,事先甘孜先生给我布置的菜单,我早已熟记于心。我招来服务员,点的是套餐,有油封鸭、牛切排、火腿和鹅肝,还有大份加莱特饼,饼的周围同样布满培根,饼的中间用奶油拼了白色俄文:"感恩节快乐!"因为到这里来的人都是流浪四海的人。桌上还摆上了一瓶香槟,餐厅的酒品据说都是从法国空运来的,香槟散发着清雅的酒香,香味四溢。看着精美的吃食,父子俩眼角放光,不敢动刀叉,我只好告诉他们,需要把餐巾布放在衣领下面,还亲自示范了一遍。

等到菜品全部上齐,布置菜肴的服务员走开,我才倏然发现一名陌生男子出现在餐厅门口。这是一个目光深邃的小胡子,他站在餐厅门口不停张望,看到餐桌边的少年时,就朝这里走过来。少年也看到他了,朝门口招手。

这个陌生人走了过来,我恍然明白,他大概就是甘孜先生要找的人。

男子也是身着盛装,他在我对面坐下,和少年父子并坐一排。他首先和他们握手,见我在朝他微笑,也扬起嘴角微微一笑,为了表示礼貌,还问候了一声,那是当地语,我听明白后,礼貌回应。他满意地点了点头,好像确信我是一名颇具财资的投资商。

少年瞟了一眼我和他父亲,很小心地和来者攀谈,对过像暗语的话后,他们开始用餐。

这真是一次非常特殊的用餐经历,让人备受煎熬。我吃得简单,就吃了一张上次尝过的加莱特饼,我早早地把饼给扒拉完了,至于上次喝过的咸牛奶,没喝,现在我讨厌这种本地产的奶制品。干吃饼时,我没有说话,只是生硬地笑着,现在,我没有一点心情来享受高级法餐,而且,我发现每次来这家餐厅都是带着任务,这让吃饭变得压抑。如果我的前半生没有受过这一行的职业训练,现在,哪怕面对再美好的食物,我恐怕都要吃吐。

台球馆老板也没心情,他清楚这次吃饭的目的,全程都紧绷着脸,略带惊悸的目光不停地扫视四周。今天,他一是为完成甘孜先生交代的一项充满风险的任务,再就是为他孩子的安全而选择陪同。虽然他和我已经见过两次面,现在又是在协同完成一项任务,可是,我们仍然互不认识,而且,我们都不享受与陌生人吃饭的感觉。

少年有点开心,拘谨的目光看着琳琅满目的食物,他看似期盼已久,只是不敢相信的样子。总之,一桌人里面大概就数小胡子吃得最开心了。听台球馆老板用当地语介绍说我是中国投资人,为了表示对我这个中国朋友的嘉许,小胡子叉起一片鹅肝搁嘴里后,伸过手来拍了我肩膀,还竖起大拇指,好像真把我看作了朋友。随后,他开始和座位上的台球馆老板攀谈。

他们说话时我欲起身,对面的小胡子盯了我一下,眼神透出油亮刺眼的光芒。他这是警惕。这提醒了我吃饭的目的,我心里一紧张,便僵在那儿,从兜里拿出烟盒,掏出一支烟来,手有些抖。刚才吃饭时,我发现餐厅里好像多了很多陌生人,这些人中,有些是为晚餐而来,有些则不像,他们走出餐厅后很快便消失了。现在我不确定他们是来俱乐部谈事,还是为专门任务而来,至于派来完成任务的人具体是哪一方的,我一概不知——我只需完成任务,这需要时间和等待。

如果多出的陌生人里面有很多是甘孜先生派来的话,那么,我对面的小胡子迟早会知道我请他吃饭的目的。我越来越紧张。总该发挥一下职业技能吧,为了表现心态放松,我摇了摇桌上的香槟,示意酒还没打开呢。我打开香槟,给小胡子和台球馆老板倒上。据说在这里,本地人只有在西餐厅才能喝酒。我还招呼服务员,让他上了些具有本地特色的炭烤羊肝、羊肉串。烧烤上桌,见小胡子吃得开心,台球馆老板尝试性地抿了一口香槟,然后便扶起额头,好像不胜酒力。小胡子先是啜了一口,随后喝完一整杯,他对酒特别满意,对我直笑。我终于站起身来,小胡子再次警惕,我用右手做出数钱和付钱的动作,小胡子明白了,他笑着点了点头,又对我竖起大拇指。

我走到前台那边,没有急着掏钱买单,而是用余光继续瞥着父子俩和小胡子。少年在小心翼翼地品尝加莱特饼,小胡子自个儿倒香槟喝起来,看来他真的爱上了这香气四溢的香槟。这时,我准备去一趟盥洗间,这两次在这里吃饭都让我揪心,再这样,我非得心脏病不可。这次做了鱼饵,我担心我没有能力一做到底,索性撂挑子,准备把后事抛给甘孜先生。

穿越餐厅后面宁静的会议室和热闹的小型歌剧院,我最终来到这家俱乐部最里边的一间盥洗间,在这里,我得以见到提前埋伏在此的甘孜先生。

"马先生,你是一个很好的演员,可以得奥斯卡大奖!"甘孜先生对我竖起大拇指,又调皮地说道,"你是怎么做到的?"见我表情凝重而且不说话,他亮出右手手腕来看了下表,此时显示是当地时间七点整。

他吹了声很短的口哨,距离盥洗间不远的小型歌剧院里走过来几个人。现在我终于能够确定,这些凭空出现的陌生人都是警局的人。这样的布置让我想起以前追过的西方警匪片,按照剧情发展安排,通常卫生间、化妆间里都会藏匿一些改变剧情的重要人物。

"马先生,麻烦你还是过去,你在这里久了会让人怀疑。"甘孜先生说。

我从盥洗间出来,佯装站在前台那里看镶嵌在软皮墙上的米其林星,随后,我望向坐在长条餐桌边的小胡子和父子俩笑,小胡子也对我笑了,他现在很想把美妙的香槟喝完。

两分钟后,唯美的夜色餐厅中,甘孜先生出现了。看到甘孜先生和他后面的陌生人,我又转身奔去了盥洗间。因为紧张,我打开水龙头,用冷得刺骨的自来水不停地冲脸。

我好像想洗掉沾染的罪恶一样,冲洗良久,等我返回大厅,父子俩和小胡子都不在那张长条餐桌边了。餐厅门口人影熙攘,出现不少观望的人,从中我看到了父子俩和小胡子。小胡子的双手已被铐上手铐,夹在警员中间,准备上甘孜先生他们提前布置好的警车,父子俩也同时上了警车。小胡子上车前,扭头望着餐厅橱窗,透过玻璃,他看见了站在原来餐桌旁边的我。小胡子手上的手铐那锃亮的反光让我顿生冷汗,那瞬间我和他对视了。

六

小胡子被羁押在小白楼,父子俩则在当晚被释放,只领了一张实行警戒处罚却并不进行关押的行政通知书,这是甘孜先生亲自安排的,为了保护他们。所以留在小白楼里的只有小胡子,而且,说是关押,实际看守松弛,小胡子被羁押在甘孜先生办公室对面的房间,他在这间看起来不像审讯室的房间里可以自由走动,除了好吃好喝还可以看报,更无专人看管。这里的司法处置松弛、粗放,可见一斑。

不过,那几天甘孜先生还是对小胡子进行了问话,小胡子是个大大咧咧的人,只要给根烟,他啥都说。现在,小胡子像没有发生过前面的事情一样,明确承认自己是上次监视甘孜先生的人,只是没有料到刚逃脱甘孜先生的追捕,这么快就让鱼饵(鱼饵是我)给钓上了钩。通过这些断断续续的问话,我得以知晓 Yada 组织的内情。很快,小胡子又承认了他确实在为 Yada 组织做事,只不过他是一名下层人员——他加入 Yada 组织前,是城里一家平民理发店聘请的理发师,他说他要服从该组织干一件大事,才能成为这座城市里的骨干。小胡子选择合作的人是台球馆的少年,自从半年前少年到他们平民理发店理发,小胡子就认识了他。有次少年理完发掏钱买单时发现少了五索姆，他直接给少年免了。之后一次少年又来理发，其间少年向他发起牢骚，说他做梦都想进吉祥餐厅吃上一顿晚餐，自从来到城里他就开始想上了。其实，小胡子也是，他们已经对平民生活感到厌烦了，开始有了奢望。

自此，小胡子成功地诱惑了少年，少年负责给他望风。

事情发生前，小胡子就认识著名的中国商人莫怀清了。莫怀清家资雄厚，但他常上小胡子所在的平民理发店理发，小胡子和他交流过几次，知道莫怀清家在上海，便开始叫莫怀清为老师。莫怀清对他挺不错，带他去过一次家里吃晚餐，但从来没有带他去过那家叫吉祥餐厅的俱乐部，打探望风的少年倒是发现莫怀清常去那里。Yada 组织打算利用小胡子邀请莫怀清参加酒会来绑架他。那个星期四傍晚，Yada 组织的头儿亲自出动，给莫怀清打了电话，这对于莫怀清是一个陌生电话，但电话里的人说他来自矿产推介会，是本国地矿部的职员，他们讨论了一番巴特肯的矿藏分布特点。随后，Yada 组织的头儿报出小胡子的名字，说："您的学生想要邀请老师吃饭，正在吉祥餐厅帮我们布置热闹的酒会。"莫怀清有点感动，便答应参加酒会。至于酒会地点，说是吉祥餐厅，但后来又有插曲——因为暴风雪的来临，得临时更改。Yada 组织的头儿后来又打电话来，说原本确实定在吉祥餐厅，不料，餐厅给他们打电话说暴风雪要来，餐厅需要暂时关闭，取消了当晚所有人的订餐。于是，他们也只能改换地点，改到原疗养中心的民族餐厅，那里的烤羊肉和手抓饭是一绝。对于俱乐部关闭这事，莫怀清是知道的，他由此相信陌生人说的小胡子参加酒会的事了。挂掉电话后，莫怀清出了金区，和 Yada 组织的人见了面，Yada 组织的人说小胡子在民族餐厅等他。按照小胡子所交代的来看，莫怀清最终选择去了那里。以前，莫怀清独自去过多次，这次他上了他们安排的二手奔驰车，不料这辆伪造牌照的奔驰车没有前去疗养中心，它一直开往南方山区，前行了两百多公里，一直开到巴特肯矿区的深处。随后，被人左右架起胳膊的莫怀清下了车，消失在白雪茫茫的夜色中。

以上是小胡子在小白楼里的详细讲述。他被捕后的第四天，我电话联系了顾小姐，告诉她案件的最新进展，希望顾小姐能来一趟小白楼，测试一下小胡子到底有无说谎。

顾小姐却表示她不愿意来小白楼，她说虽有重要线人被捕，可这里的诉讼环境她太清楚，她已经不抱希望了。我只能费尽口舌努力劝导她。顾小姐说，他们现在住在朋友家中了，不敢再住金区的家里。看来接到上次的陌生电话后，顾小姐已经如惊弓之鸟，他们在金区的家里一定让人装了监听器。我说："为了保障您的安全，我会亲自去接您。"

顾小姐在我的陪同下最终来了小白楼，不料，她看了一眼小胡子，情绪就崩溃了。她坐在甘孜先生办公室对面的椅子上，一直掩面哭泣，用俄语愤怒地痛斥着。

"是他，他来过我家里，我认得他，记得他的身板、他的举止、他的承诺、他的礼貌、他的客气。曾经，那张脸那么干净，所以我先生才相信他，把他从办公室带到家里，和我们一起吃饭。我相信监听器是他装的，前几天的威胁电话是他们打的。他们绑架了我先生，还要怎样？要我们倾家荡产来缴纳让他们满意的赎金吗？

"我还相信我先生很多次帮助过他,我先生做事很果敢,他是那么坚毅的一个男人。可是帮助一个人能怎样?他帮助的人是什么样的人,最后仍然没变,而且更罪恶。现在这张脸看起来像山羊一样,你们看,多么丑陋!我连看一眼都觉得难受、恶心。"

我沉默着,甘孜先生抬头一直望着对面。最开始,小胡子没有注意到顾小姐来,当听到对面有女人的哭诉声,他才知道顾小姐来了。顾小姐的痛斥击中了他的神经,透过他发呆的眼神,能明显看出里面包含着异样的内容,可以看出他的难受。

"甘孜先生,抓住了他,事情就这样完了吗?"见甘孜先生久久没有表明态度,我愤怒地问。听着顾小姐的哭诉,我有点上头,变得恼怒。这大概是受了背井离乡来到异国他乡的刺激,这丝情感一点点撕开来,让场面变得鲜血淋漓,我不忍直视。要在国内,对于女人的哭诉,我大概会习以为常,会冷漠。五十多岁的我见过太多这样的场面啦,这让我一度麻木。生性好奇的我麻木了,这本是一件严重的事,证明我从严格意义上说不再是合格的警员。警局退休前的那次负伤,给我的职业生涯画上了句号,这只是最后的勇敢。

"爱情很美。"显然,甘孜先生是指莫怀清和顾小姐的爱情。

他怒目圆睁,也在生气,最后居然只是摊开双手摆了摆,像泄气的皮球。他明显很沮丧:"马先生,我也很想,可是,可是现实残酷,尤其我们的现在,你看到的我们。你都看到了吗?就是这样,就是这样。"

这不像一直自负的甘孜先生说出的话,而像酒徒醉酒醒来后说的不负责任的泄气话。

那天,顾小姐没有在小白楼里久留,为了避免她太过伤心,我先送她回了她朋友家中。想到甘孜先生的话,同时,按照阿信所说的这里的警察一般不搭理外国人案件的情况,我的担忧闪现:接下来,案子会不会就这样完事,小胡子好吃好喝地被羁留几天后又被无罪释放?

出于这样的担心,我每天去小白楼一次。

第三次去小白楼的楼上时,小胡子看见了我,他向我嘘了声口哨,远远地招手,好像有事情要跟我谈,因为他知道我会俄文,能跟他说话。

"对不起,我有事要跟您商量。"见我站在关押他的房间门口发愣,他用拗口的俄语跟我说,"我的名字叫巴塔。"

这是他第一次对我说出自己的名字。然后,他继续述说他心中的故事。

"朋友,我要跟您说莫怀清老师,我承认我认识莫怀清老师,他是一个好人,他要教我像中国人一样做生意。可是那次上他家里,我在他家客厅里偷偷装上了监听器。我去他家其实就为这件事。监听器看起来很漂亮,就像一只真的小蜻蜓,是我送给他孩子的小玩具,小孩把它当雕塑摆在客厅的书架上。真是很对不起,发生那样的事。

"顾女士的哭泣让我感觉到很抱歉,可是为了生存,我尝够了世间的苦难,我毫无办法,我只有三十二岁,可我已经没有出路了。邀请莫怀清老师前,我已经被我工作的平民理发店辞退了,我没有办法。

"我没有结婚,我是一名孤儿,从小无人照看,据舅舅说,我的双亲是让 Yada 组织一个闯进牧区的歹徒杀掉的。这几十年,他们在奥什打打杀杀,有谁在乎我,在乎我们?本来我最恨他们了,可天知道我是怎么加入的。为了喝酒?呵呵,可能吧,我想麻醉自己,这世上太不值得了,我想麻醉自己。"

小胡子还对我说了我一直担心的顾小姐安危的事:"莫老师的事已经过去十天了,我们的头儿觉得从他本人身上榨取不到好处,又发觉引起警察注意,于是转移了目标。那天顾小姐被恐吓,是头儿亲自给她打的电话,让她缴赎金。我们还没有前去金区,风雪停后,他们会派我设法进金区去找她。我知道路,我去过那里。我立过那么多功劳,可是我们的头儿告诉我,只有莫怀清老师的事了结、占领了金区,我才是发号施令的骨干,可没想到我自己被捕了。

"现在,我感觉那样的事太遥远,我真的忏悔。不是说每个人都有一颗心吗?这就是良心,我也有这颗心。之前我在法国餐厅外给你们的警察先生拍的照片都没有给他们。现在,你们不是要去找莫老师吗?我可以带你们去。"说到这儿,他对我做出双手合十的动作,"对了,那天你给我的酒太棒了。对于我,那是世上最好的酒啦。"

听罢,我没有说话,用手势比画出他往嘴里倒香槟的模样——这说不上讽刺,也没有任何含义,只是模拟他喝酒时的兴奋状态——我还可以请他再喝一回的。

小胡子笑着点了点头,随后又缓缓摇了摇头,他的笑容凝固在那儿。

这瞬间让我一激灵,我立马冲往甘孜先生的办公室。

我对整理资料的甘孜先生大喊:"甘孜,你都听到了吗?"

甘孜先生出乎意料地冷静,他刚才注意到小胡子在找我说话,就一直在听。

"这都是好事,大好事。"他重复道。

"要不要告诉顾小姐,给她希望?"

"唔,希望?我看还是不要说了,她已经足够害怕了。"

"对她不要透露半点行动吗?"

"这是秘密。"

七

我永远记得那天上午,我和甘孜先生、小胡子巴塔一起前往南方山区,扮作 Yada 组织成员深入虎穴,唯一目的是营救莫怀清。

甘孜先生和我都经过特殊的面部化装,我们乔装打扮成中亚山区里著名的"狼人"。"狼人"一般是当地秘密组织雇佣的人员,他们活跃在广阔的中亚腹地,就像幽灵和鬼魂一样凶狠而又隐秘。

在这最后的决战中,为了防止像上次去金区一样被人发觉,我们严密布局,连司机都没有带,但漏洞还是有的——我们虽然经过化装,但甘孜先生经常见报,对方说不准会识破。因此,这最后的决战怎么看都像孤注一掷,被现实打败的甘孜先生也没有太好的办法。

我们一行三人前往那处叫巴特肯的矿区。汽车在与城市方向相反的南方州道上驰骋,途中,我看到了被风雪笼罩的高原,见识了如玉带一样蜿蜒的卡拉河。如今的高原草甸满目白雪，全无半个月以前的清丽与青绿。没有想到我以这种方式前来矿区，这让我心中再次响起弹布尔悲怆的奏鸣。

两小时后，我们进入矿区的范围。初始，州道旁边还能看见蒙古包，蒙古包像盛开的蘑菇，在旷野里若隐若现。渐渐地，蒙古包变得稀少，直到我们再也看不见，这证明我们离开了牧区。汽车深入矿区前沿，进入了人迹罕至的山口。车子在盘山小道上爬行，当到达山脊的位置，远远地可以望见插着国旗的一栋房子，那是政府军的哨所，说明那里已经靠近两国边境。

当汽车从山脊上下来，到达另一处平川时，庞大的冰川出现在我们眼前，一同出现的还有平川上面的一处塬子。塬子上有两个蒙古包，蒙古包上面的烟囱冒着缕缕白烟，证明里面有人。这时，小胡子巴塔示意我们在这里停车，我们的汽车在距离蒙古包一箭远的地方停了下来。

几乎在我们下车的同时，那个蒙古包里冲出两个人，看起来像两条大狼狗。这两人披着裘皮大衣，头上都戴着黑色头套。他们的头套不像是为避风雪而戴，而是为了让我们完全看不出他们的面目，只看到头套洞里射出的两行诡异目光，从中透出狼狗一般凶狠的恶意。他们的皮衣底下伸出两支枪的枪管。

显然，我们碰到了Yada组织的"狼人"，我们和他俩形成对峙状态。他们皮衣底下的枪都是老旧的AK47，这是我时隔十年后久违地见到枪，面对那黑洞洞的枪口，我心里为之一颤。

"巴塔！巴塔！""狼人"对站在我们中间的小胡子巴塔大声地喊

叫起来，他们认出了小胡子巴塔。

小胡子巴塔听见了，他迟钝地望了下甘孜先生，以示征求甘孜先生的意见。甘孜先生用头一撇，示意他过去和"狼人"对话。

小胡子巴塔朝"狼人"大声地回应了一声，这像是他们内部的暗语，我没有听懂。

那两个"狼人"同样回应了。随后，小胡子巴塔偏过头去又和甘孜先生咕哝了一些话，然后朝他们走过去。

小胡子巴塔前去和"狼人"近身交流，我的心开始扑通扑通地跳，比在吉祥餐厅里蹦得更厉害。当然，一直在观察的我看见甘孜先生也很紧张，他的嘴角一直在细微抽搐，额头冒出浓密的汗珠。走过去的小胡子巴塔在和"狼人"比画着交流什么，他们言辞激烈，可知"狼人"情绪高涨。

和"狼人"交流完，小胡子巴塔扭过头来对站在车边的我和甘孜先生挥手。

我好像明白了，是"狼人"叫我们过去。

我们只好过去。我们站在两个"狼人"的面前，"狼人"开始打量我们，他们的目光混合着诧异和恶意。打量完后，他俩走到我们跟前，分别搜查了一番我和甘孜先生，看我们有没有携带武器，查实我们是不是来自政府边防军或城里的警察部队。整个搜查过程中，他们大衣底下的枪一直斜斜地对准我们，那黑洞洞的枪口透出令人难以揣摩的恶意。

因为小胡子巴塔带来的是陌生人，一直没有取得他们的信任，好在我和甘孜先生都经过专业化装，戴上了花色头巾，穿上了灰长袍，这是当地最为虔诚的宗教人士的装扮，久居深山的"狼人"没有识破我们。尤其幸运的是，他们看起来并不认识甘孜先生，这避免了爆发惊天动地的枪战。

我们身上什么也没带，没有发现问题的"狼人"走开了，继续和小胡子巴塔打着手势说话，也转过头来用俄语对着我们说话。我生硬地点着头，有时用俄语回应一下。这时，甘孜先生好像想寻求点主动权，他走到"狼人"面前，比画着手势，和他们殷勤地说话。

到这儿，"狼人"好像才放松警惕。这时，其中一个"狼人"说了一件重要的事情，大意是既然你们来了，要带走人，那么，我们的任务完成了，先和我们举行个仪式，我们来赎罪吧。对于"狼人"的交代，我听明白了，小胡子巴塔和甘孜先生同样听明白了。

只见另一个"狼人"走进蒙古包，等到出来时，他已经摘掉了头套，右手里出现一个闪亮的铜铃铛。我望着铜铃铛，自然想起和台球馆的父子俩前去苏莱曼山赎罪的事情。

只见拿着铜铃铛的"狼人"右手摇了下铃铛，另外一个"狼人"听到铃声后，摘下了头套，他俩和小胡子巴塔并排站着，在这中亚腹地的崇山峻岭里，他们先是展开双臂吟诵一番，然后对着西南方向开始低头祈祷。高亢而又低沉的祈祷声在身边荡漾开来，我和甘孜先生在他们后面静立着，也只好跟着祈祷。

仪式差不多持续了五分钟，等到仪式结束，"狼人"和小胡子拥抱了一下，然后转过身来先后对我和甘孜先生指了指塬子边缘的地方。

我们总算过关了，随后，我跟着甘孜先生原路走回我们的车子旁。

"现在我们是他们的人了,我们可以去找人了。"甘孜先生回来后得意地对我说,他如释重负地松了一口气。

可是,小胡子巴塔竟然和那两个"狼人"一起进蒙古包去了!

这时,一丝不祥的感觉掠过我的头脑,让我意识到严重的漏洞发生了。身边的甘孜先生刚说完话,突然,他的面部表情凝固了,他眼睁睁地望着刚才和"狼人"说话的那片空地。甘孜先生显然也忽视了关键的问题:小胡子巴塔和 Yada 组织的"狼人"热情地走在了一起,那么,他会不会再次和他们同流合污,然后马上冲出来,端起"狼人"的枪朝我们开火呢?

现在险情闪现,甘孜先生已经意识到了这点,显然,他发现之前忽略了,只是天真地完全相信了小胡子巴塔。他眼神慌张,可是始终没有说话。

空气好像凝固了,任凭风呼啦啦地吹,刮着我通红的耳郭,让我们变得失去任何知觉。事情到这一步,留在蒙古包外面的我们根本没有任何办法。我只能去回想小胡子在小白楼里的讲述,回想他那满是忏悔的眼神,回想他对我做出双手合十的举动,回想刚才我们和"狼人"一起做的宗教仪式。

我们虽已得到了"狼人"的认可,但接下来随时可能葬身冰原,这是非常残酷的事实。除了我之外,现在心里最为空洞洞的人应该就是甘孜先生了,他显然很是无奈。他望向塬子边缘,塬子边缘靠近峡谷和冰川,初看,遥远的那里好像没有可视物,望久了,发现那里有一个黑点，原来是一个顶部被涂成天蓝色的集装箱屋。

那里就是"狼人"所指的关押莫怀清的地方，甘孜先生没有说话，朝那里默默走去。

现在一切只能顺其自然，我跟在他后面。我和他在塬子上走得跟跟跄跄。塬子稍远的地方积雪很深，已经快到膝盖那里了。也不知走了多久，我们到了集装箱屋的前面。箱屋的窗子都贴上了防窥纸，可是又太奇怪了，集装箱屋里根本没有白烟冒出。我和甘孜先生互相望了对方一眼，显然，他和我一样，都在怀疑里面根本没有关押莫怀清。

我们站在集装箱屋前踌躇着。这时，塬子边缘不时传来声音，那像是雪要塌掉的声音，看起来随时可能发生雪崩；而且，我们一直在担心走进蒙古包里的小胡子巴塔。这种情况万万不能久等，我们在这里多待一分钟，危险就会多一成，我们必须迅速进入集装箱屋解救莫怀清。

甘孜先生决定破门，和后面赶来的我一起打开了集装箱屋的铁门。集装箱屋的门前已经挂起蜘蛛网，这里像被人遗忘了一般，里面异常寒冷。本以为我们让"狼人"给骗了，结果甘孜先生进门就被一个东西绊到了，在黑漆漆的屋里，我们发现了一个倒在地上的人。这是一个中年的中国人，戴着一副金丝边眼镜，被五花大绑着，正蜷曲地躺在杂乱的牧草中。我们走近查看，发现他早已没了气息，在他手腕底下有一汪凝固的褐色血痕，旁边的地上丢着一个锋利的剃须刀片。

甘孜先生从口袋里掏出莫怀清的那张彩色照片，和地上的人一核对,发现死者正是莫怀清。看来我们的运气并不好,在我们解救莫怀清前,他已经自行了断了。莫怀清这样做,大概是绝望了,他一方面要时时面对冰川吞噬,另一方面为了避免自己继续作为人质,让Yada组织没完没了地要挟他的家人,他选择了自杀。

就在我们发现死去的莫怀清后不久,塬子上两声沉闷的响声伴随着风声传来。我和甘孜先生迟钝而僵硬地站在集装箱屋里,刹那间,几乎不能动弹。麻木的我们很快研判出响声来自蒙古包,开始猜测蒙古包那里发生的事,很快,我准确无误地确定:那是枪声!

一直在脑海中盘旋的枪声以这种方式到来了。我和甘孜先生几乎同时冲出集装箱屋。又一声短暂而沉闷的枪声响起,我和甘孜先生呆在了那里。我们没有中枪,可是都变得更加茫然。真真切切的一幕发生着,划过天际:一个走到蒙古包门口的黑影撒开了双手,然后直直地倒下去,右手在空中画了一个半弧,然后倒在了塬子上。到这儿,我们什么都明白了,空气已然凝固,雪粒不断袭来。

八

后来,闻声而来的政府边防军帮助了我们,我和甘孜先生平安归来。等到我们从边境地带回到城中,警方一夜之间对Yada组织的境内人员采取了抓捕行动,甘孜先生更是一路跟到乌兹别克斯坦,在咸海边捕获了Yada组织的大部分成员。令人备感意外的是,这次抓捕行动中甘孜先生查获了该组织认定的"猎物"名单,他妻子的名字赫然在册,甘孜先生意外地给他的妻子雪洗了冤屈。

事情平息后,莫怀清的遗体被火化了,我在当地殡仪馆见到过顾小姐。我去,是准备交给她一张精美的新年卡片,这是当初我在集装箱屋的地上无意中捡到的,卡片正面印着一段有名的话:"我祝福你,愿你经得起长久的离别、种种考验、吉凶未卜的折磨、漫长的昏暗的路程。"这段话引自俄罗斯作家帕斯捷尔纳克,我曾在书上见过它。在这块神奇的土地上,我似乎一夜间就明白了其中的所有含义,大概莫怀清也是的。莫怀清定是重情之人,名言下面是一行很小的中文:"亲爱的淑珍,我永远是爱你的。"这应该是莫怀清亲手写上去的。

我把卡片交给顾小姐后,便没能再联系上她。我回国前夕,阿信说金区在出售一栋西班牙风格的别墅,他询问与我同行的人中有无人可接手,这事我无能为力。恰逢新型冠状病毒来势汹汹,我决定马上回国。

甘孜先生知道我将很快回国,说要请我吃饭,他那时已从乌兹别克斯坦回来。我正陷入回国前的忙碌中,刚开始没答应他的邀请。甘孜先生说:"那么把你协助破案的费用结算一下吧。"同时,他咕哝着:"我可能年底就要退休,然后准备去咸海边祭奠一下妻子。"

"不去吉祥餐厅了,我现在一想到那里,就觉得挺对不起那位朋友,还有失业的父子俩。"我同意见面,不过不想再去吉祥餐厅。

是的,因为我想起台球馆里那无名的少年,想起巴塔从蒙古包里走出来结果倒在塬子上的瞬间,我浑身不舒服。

"马先生,真对不起,你和阿信来我家里,新年马上到了,我要举行的是告别派对。"

回国前一天,我去了甘孜先生家里,他开车来接我们。甘孜先生的家在城郊地带,连阿信都没有去过。果然,它的位置非常隐蔽,甘孜先生说快到他家时,我们还完全看不到周边有房屋,附近到处是高大的乔木。大概因甘孜先生常年处理重大案子,他故意让自己的住所隐蔽难寻,以便保护自己。

风雪已停,路边积雪笼罩,甘孜先生把车开进高大乔木遮掩的小道里,我们不知不觉中,竟然进入了他家的地下车库。我们从车库走上去,才发现他家是一栋低矮的带檐廊的木屋。他家里倒收拾得井井有条,丝毫不像一个没了女人的男人的家。客厅的木墙上挂着一把双筒猎枪,旁边是他妻子的大彩照,她面容姣好,穿着民族盛装。

甘孜先生准备了煮全羊。客厅的中央是一张长条松木桌,桌上摆放着大盘熟羊肉。这种水煮羊肉不用放盐,里面只放洋葱和小茴香,味道鲜美至极,丝毫没有膻味。大家一起品尝高原独特的煮全羊,夸奖甘孜先生的手艺。

"甘孜先生,马杰说你们那事结束了。"享受着美食,我们中有人想起刚了结的绑架案。

"哦,稍等。"这时甘孜先生说。

他去了一趟房间,等回来,手里多了两样东西:一张支票,这是开给我的报酬;另一张是报纸。这是当地俄文报纸,上面刊登了那天我作为诱饵配合警方,在著名的吉祥餐厅诱捕境外 Yada 组织成员的行动。后来巴塔在靠近边境的蒙古包夺枪杀死了该犯罪组织的"狼人","狼人"也射中巴塔,有四人在边境地带死亡,后又有军方参与。这本来是一件重大的边境冲突事件，如果公开报道出来，足以引起轰动，却因我们恪守秘密而被雪藏。报道文字旁边同时刊载了数张照片，其中一张是我从餐厅盥洗间出来时的大头照特写，照片中，我惊魂未定、惶恐不安，但没有人在乎一个外国人的表情。总之，中国人协助当地警方破案，本身就是轶事。此前，我听阿信说当地报纸报道了此次行动，阿信说整座城市的人都知道我的大名了。

"你知道我们的报纸报道是准确的，记者有权要求这样做。马先生，你回来后，这将对你的工作和生活很有帮助。"

"甘孜先生，你不能在我同意前就这样做，这下我的所有活动都暴露了。"我从警局退下来后，原本就想改头换面，换一种活法，况且，公开地介入复杂的当地事务，实在说不清是好事还是坏事。

"有你配合，我们才破获了犯罪组织，市政厅还在讨论要授予你荣誉市民称号呢。你不是想来这儿发展吗？这可是大好机会。"

"回国后，我不来了。"我终于说出决定，本来不想说，还是忍不住说了出来，"再说，莫怀清的案子，你怎么想，为什么要这样做呢？"

其实，我心里怪罪他，这是对案子的另一种思路：如果我们不对莫怀清的案子采取冒险行动，如果一直采取缓和的态度，说不定莫怀清会平安归来。

"为了我夫人，美丽的爱情。"甘孜先生怅然若失，他没有料到我这个人道主义者会这样发问，他望了下墙壁上夫人的彩色照片，说，"Yada组织，当时，我隐隐感觉到就是他们，我追查他们六年了。哼，我夫人是无罪的，我是无罪的。"

喝了酒后的甘孜先生自个儿把谜底揭晓了，他讲起那父子俩和小胡子巴塔,他用手势模拟起他们的外貌特征:"他们是我永远的朋友,这件事你只要记住他们就行,他们很勇敢,事情就是这样。我参与了这次救赎,只为救我自己、救我们自己,你明白吗?"

从甘孜先生那儿回来,我临时决定去圣山苏莱曼山看看。距离上次少年埋风铃的时间刚好过去一个月,我想去找少年埋下的赎罪风铃,看他有没有拿走。

车子到了距离苏莱曼山山脚下不远的公路,我让驾车的阿信停车,我自行前往。

前些日风雪退去,如今已有三三两两的游客来到圣山,那都是些上山来许愿的恋人。我在景区售票处买了票后,孤身前往山脚。我要去苏莱曼山的左侧,去距离那座小清真寺不远的缓坡,寻找没有留下名字的少年埋下的风铃。

我最终找到了那里,扒开缓坡上厚厚的积雪,冰冷的冻土里露出古铜色的风铃。

看来少年没来。我站在缓坡那里,手心握着他的风铃,回头望着底下灰暗的城市。

"你是鱼饵,他是知道的。"我想起在甘孜先生的家里,临走前,甘孜先生跟我最后说的话。

倏地,风雪又开始了,就像藏不住的风铃声。

我所知道的塔什干往事

一、从布哈拉回到塔什干

不承想,布哈拉有如此静谧的果园,后来身陷囹圄的郁延青永远会记得那个金色下午。当天,他在阿依家的果园里,半躺在一张当地木匠打造的木躺椅上,好奇地瞅着上面美丽的阿拉伯式花纹,不停地看看眼前漂亮的河谷。金黄的阳光从树叶缝隙间倾泻下来,在翠绿果叶的陪衬下,青红与黄绿点缀其中。四月的果园硕果累累,树上除了有月中成熟的黄杏,还有五月上旬成熟的樱桃、六月中旬成熟的葡萄,像挂满贵霜王朝时期的银币,构成令人喜悦的印象。

宽广的河谷升起紫青色的微微雾岚,伴随着柔和的阳光,那条永不停歇的激流河从远处的山谷流淌下来,像一个风情万种的姑娘徐徐走来,停留在这里。远近的光芒让人想打瞌睡,当天,他昏昏沉沉,直到落日将至才完全醒来。

阿依家的果园坐落在河谷最为宽广、水流最为舒缓的地方。氤氲的果园里，阿依给他斟了一杯斯里兰卡红茶，茶里调了一勺蜂蜜，之后她就上旁边的亭子里安排晚餐去了。

对于郁延青来说，这是该永远记住的金色下午。按照他以前多次讲述的，能够亲近自然是他的福气，他是水果商人，走南闯北，但不曾拥有这样的福气。迄今为止，他是第一次来到水果之乡布哈拉，因为以前不曾拥有这样的福气。来到高原，他从来没有真正走进葳蕤的果园。往昔，他多少次路过高原果园，作为商人，他不曾驻足，皆因他认为没有福分。

当天，他从塔什干来，却没有能够在布哈拉的乡下享用晚餐，因为很快有一个电话打来，那天傍晚他就匆匆离开了。他没有想到，等到这个惬意的下午过去，他的人生会发生如此巨大的转折。

傍晚，郁延青离开刚落座的亭子，他去亭外的小径上接电话。电话由在塔什干的公司助理古丽打来，按照惯例，她下班时间都不会联系他。下午时，他的手机一直在充电，为了避免外界打扰，手机设置为静音，现在上面已有数个未接电话。助理古丽主动打破日常工作习惯，必有急事。

他站在小径上朝阿依打了打手势，示意他重新到果园里去是为了方便接电话。这条不到五十米长的隐秘小径上，蓟花、半野生玫瑰簇拥着，往迷蒙的河谷方向延伸，一同带走了他的思绪。

现在，电话终于通了。古丽说：「郁总，我下班了，我要向你描述发生的重大事情。」她话语急促，甚至没有时间询问他对布哈拉的感受,以及分别多年后表妹阿依家里的情况。郁延青迟疑地看了看果园,问:"不是宋达吉他老婆叫我打牌吧?"古丽说:"不是。我说了啊,我把事情都记到了草纸上,我向你公布。"助理古丽应该用错了词,至少是"公开"而不应该是"公布"。说到这里,她开始翻草纸,话筒里传来沙沙的声音。郁延青幽幽地吐出关键字:"不用急。"说话时,他看了下仍然在亭子里的阿依,她已经在拿碟子,正打算把一盘抓饭端上桌。助理古丽翻出了草纸,平静中略带哭腔地说:"公司报关经理黄建东押着货走到咸海那里,然后,出事了。"

郁延青又瞥了下亭子,阿依端着抓饭走到餐桌边来了,她正望着这里。这时,她手一抖动,手里的叉子从盘子里滑落到桌上,她大概意识到生活要发生真正的改变了。

"阿东人呢,他在哪里?"郁延青问,他警觉起来。

"这就是我要告诉你的,警察把电话打到公司座机上,他用俄文告诉我,然后我记在纸上了。"古丽回复得颇为无助。

古丽如实告知两件重要事情:其一,郁延青需要去咸海边一趟,据称货物被扣留在一个叫木伊那克的海关小镇,罪名是涉嫌走私,需要验证货物报关进行程序处理;其二,他要和一个叫阿布的警察碰面,警察是打来电话的报信人,正在镇上等他,他得亲自赶过去,越快越好。

"知道了,你吃饭吧。"这是郁延青最后答复的话,他安慰古丽。

郁延青静不下心来,他已然不能轻松地享用一顿充满着特殊气息的晚餐了。来布哈拉的路上,他对阿依开玩笑说,他有可能还是像以前一样无法留下,他以试探性的口气说的。诚然,公司处于重生阶段,他不能轻易离开塔什干,其实,他早已做好在布哈拉过夜的打算。现在,古丽的电话让他警觉万分——还因为他发现果园附近出现明显的变化——果园隐蔽,但并非与世隔绝。他刚放下电话,两个牧马人骑着高大的马正从果园旁边路过,看来是要去河谷那里给马饮水,他们都瞧见了郁延青的汽车。郁延青的丰田汽车正停在阿依家果园的篱笆旁边。其中一个牧马人走到他的车旁,左右打量了下;另一个牧马人看似腼腆,站在一棵杏树后面,像一位巡视的将军警惕地观察着周边。浓密的叶子遮住了牧马人的眼目,牧马人可能在猜测阿依家里到底来了什么人。

果园侧面有一条通往市镇的土路,一群小学生远远地朝这边走来。虽然,当地人现在不会发现他,但总有一天,他们都会注意到阿依家里来了中国人。看到果园外面的布哈拉人,郁延青当即决定离开果园。

郁延青出发回塔什干时还不到傍晚。现在,塔什干恢复正常了,城市灯红酒绿,宛如置身热闹、宏大的圣彼得堡,或者回国必到的转机地——上海。

眼下,他想起多年前开启重生的道路,为了这段漫长的经历,他内心纠结,对路况抱怨起来,他发现他人在高原,但可能更加适合都市生活。从布哈拉出来时,他选择走一条隐蔽的州际道路,途中颇费周折,出于以下原因:其一,从布哈拉到塔什干的州际公路年久失修,比不上他从撒马尔罕过来的标准化宽敞大道;其二,布哈拉乡下道路旁边充斥了太多兜售水果和土特产的商贩,商贩们会不停地来到马路上拦住他,这是乡下给他带来的羁绊。一路上,他买了两条马哈熏鱼、两袋黄杏干、五袋黑加仑葡萄干，没来得及吃晚饭的他权当充饥，途中还加了次油，其中因等待加油站的店主耽搁了半个多小时。

接完电话的他宛若身体被掏空，像浮云一样在高原上空飘散，从布哈拉回来的路上所遇到的似乎暗示他今后将迎接一系列的坎坷。他的丰田车跑了七个小时才到达下榻地点，也就是他工作和生活的所在地。

凌晨时分，郁延青回到了市区靠近环岛的租房。这栋公寓楼建设于二十世纪八十年代，等到他躺在公寓楼第五层楼的沙发上，面对空空如也的房间时，疲惫的他陷入了无眠状态，继续翻江倒海地回忆多年来的历程，回想公司重新开业后这批货物的由来。

货物是一船干果和蜜饯，他委托公司现在唯一的合作伙伴黄建东押送，这是春天换季以来第一批干果和蜜饯出境，以迎接近年来欧洲日渐风靡的五月"黄色与玫瑰情人节"。他为这一船货物煞费苦心，短短一个半月内，他重走了整个费尔干纳盆地。现在，他们这船货物通过阿姆河系统到了咸海河口，然后走陆路运到里海港口，跨越宽广的里海后，经历东欧的河运系统运往西欧。如果不是因为欧洲客户定价奇高，他绝不会冒这般风险。当初，如果知道会发生意外，郁延青定然会亲自押送。

现在消息传来又转瞬即逝，似乎要让他付出高昂的代价，但人不是生来就要被打败的。现在，大文豪说的话每时每刻都在考验他，他并不惧怕一切，包括死亡，哪怕知道他要被打败。他在塔什干面对了太多的考验，现在，他该如何面对呢？

二、去往小镇木伊那克

翌日一起床,郁延青打算从塔什干前往名叫木伊那克的小镇。除此,他别无选择,除非自行消失。对于郁延青住了不下十年的塔什干,刚刚过去的半年多处于凝固的真空状态。不要说刚过去的半年,就说前面的两三年吧,中国商人越来越多地选择了这一条路:自行消失。相比企业家的常用语"跑路",来高原的国际商人又不一样,他们本来来无影去无踪,"自行消失"有多种,也更加贴近高原商人的状态。不过即使如此,这仍不属于商人习惯性的逃避债务,更不是俗话说的"破罐子破摔"。

就几年后来到塔什干的我所知,以前的郁延青从来不属于上面两种性格,他温润、内敛,能接受大部分事务,他不喜欢逃避,习惯泰然自若。现在,他准备乘坐长途大巴到距离塔什干五百公里的咸海边,去寻找电话里说的警察。

郁延青从来没有到过木伊那克,不过,他知道它是阿姆河河口的一个著名小镇。

动身前,郁延青去了一趟当地银行柜台。经历半年多的封闭状态后,自上月起,本地银行都已经营业。银行正常经营,郁延青认为是好事,马上会到夏季,他们公司将迎来水果销售旺季,对于他来说,属于重生。在这家距离长途车站不远的当地银行的柜台边,郁延青查询了一番公司账号,公司账号正常,他一共取出来一万美元。历经七个月的"不可抗力"后,除去这趟生意因交易系统暂时封冻的,这已是他们欧亚莲生贸易有限公司仅剩的流动资金。现在想起公司资金的流失程度，郁延青浑身寒战，要知道，他这家跨国贸易公司的流动资金曾高达一千万美元！郁延青一向低调，他曾经作为省办企业种子公司的职员走遍中国南方。他孤身一人，历经风霜，经历造就他一贯谨言慎行；不过，郁延青作为偌大的贸易公司总经理，一年前，他也曾夸过口。他说，再过半年，公司就能买私人飞机了，赛斯纳Caravan系列飞机！他们将翱翔于咸海和黑海之间，像真正的赤鹰一样！这是他多年来唯一夸的口，只是后面他再没有碰到过好运气。

随后，他前往车站购买离开塔什干的车票。特殊时期出门远行，郁延青自然倍加小心。他戴着墨镜，白天炙热的阳光长驱直入，墨镜起到了遮阳镜的作用，他还入乡随俗地戴上了一顶白色鸭舌帽。按照车票序号坐到了长途大巴车的最后一排，闭目养神，他没有太在意窗外那些土黄色的景象。

再一次离开塔什干，郁延青没有如释重负，昨天在布哈拉乡下的静谧一夜之间消失了。如今，对于窗外成片的土黄色景象，他备感厌倦。后来，车上的郁延青睡着了。

在那些碎片似的光芒与拼图般的记忆里，郁延青又隐约记起过去在塔什干的日子。

跟随阿依前往布哈拉前，郁延青在塔什干这座临时囚笼里待了七个月，其间，哪里也不能去。说是"囚笼"，因为塔什干一直处于紧急状态，不要说网络与手机信号，有时连停电也是家常便饭。塔什干的华人对此戏称："全城摸虾（瞎），不只摸虾，还摸球！"这半年多，郁延青如何度过的？他大部分时间蜗居在公寓楼,在官方公布的允许时间范围内,偶尔前往公司一趟。他们欧亚莲生贸易有限公司采取的是股份制经营,城市动乱刚开始时,团队成员都信誓旦旦,拍着胸脯说绝不会倒下。在那段特殊日子,他们除了日常生火做饭,打发时间的方式还有以下几种:在公寓楼打牌,其中有斗地主、打升级,这是不厌其烦的玩法。他们这些大男人除了玩各种牌,也玩棋类游戏,例如中国象棋,模仿古代杀人游戏里的冲锋陷阵。郁延青从上海城的宋老板那儿购买了象棋和围棋。宋老板大名宋达吉,上海浦东人,在塔什干经营物业服务,涉及餐馆、超市。宋达吉是塔什干华人商会的会长,曾向郁延青极力推荐塔罗牌。这种牌流行于高原,塔什干的华人也热衷于此,通过牌面的剧情预测最近几天要发生的好事和坏事。但是,郁延青并不笃信,对于用算卦来猜测命运的游戏,他一贯不太热衷。

那段时间,郁延青除了从公寓楼去公司办公室,别无去处。要是平常,他去上海城的宋达吉那儿聚得最多。在整个塔什干,宋达吉大概是拥有娱乐设施最多的华人。宋达吉本人也是扑克爱好者,尤擅长桥牌,在上海城的棋牌室里,和郁延青杀得天昏地暗。因为牌搭子,郁延青和宋达吉的老婆小乔也成为朋友。

小乔,这个长沙女人,也是塔什干华人女性里的能人。知道郁延青单身后(郁延青先前一直声称是独身主义者),小乔一度想给郁延青介绍一个女孩——她的表妹。小乔的表妹在塔什干的基建公司上班,后来,郁延青和小乔的表妹倒见过几次面。小乔表妹养了只泰迪,那是一只性情奇怪的狗,每次见到郁延青就狂吠不止,因此,郁延青极害怕和她见面。再后来,他不再和女人打牌了,见面只客气地开开玩笑。

除了正常的交际和棋牌游戏,百无聊赖之际,他们几个大男人在公寓楼里还发明了一种新型的打发时间的方式——唱歌。这是一种特殊形式的唱歌,窗子关好,窗子缝塞紧报纸,唱歌的人把报纸做成话筒状,三四个人坐在客厅,像平常在KTV里一样,拿着纸话筒装模作样、歇斯底里地喊歌。即使如此,他们也必须压低音量,生怕便衣警察悄悄爬上楼来,然后所有人都被轰下去,在零下几摄氏度的夜晚接受站街。寒冷的夜晚,环岛附近发生过好几起事件。有一天,半夜醒来的郁延青打开窗子,黑暗的窗子底下前所未有的景象出现了:黑压压的一群人站在大街上,其中有男人也有女人,都在接受训话,当即,他还看到令人血脉偾张的东西——枪!只是,在过去的几个月,郁延青还没有亲眼看到市民倒下。可是这样的日子终究是压抑的,有一回晚上停电,他们破天荒地喝了点酒。那晚上,已经一个月没出门的他们似乎有点神经错乱,最后竟然鬼使神差地说:"我们唱歌!"唱的是《冬天里的一把火》《红日》等劲爆歌曲。

半响后,他们的公寓房门传来"砰砰砰"的敲门声,楼道里上来了一个警察。那是一个戴口罩的高个子警察。那晚上,所有人都被查看了护照,随后,郁延青作为代表被赶下楼去。他站在路灯底下,与所有违反宵禁规定的市民一起,被罚站了一个通宵!

那是郁延青在紧张状态下唯一的亲身经历,就后来我所知道的,他还是以平常心对待他所经历的。公司里的其他人却不这样认为。危险逼近,解封看起来遥遥无期,大部分人觉得没必要忍受煎熬，原本信誓旦旦说要留守的员工都作鸟兽散，要不选择了"自行消失"自行退职，要不选择了乘坐政府包机提前回国过春节。他们公司错过了圣诞节、复活节等原本处于交易高潮的节日，营业额直接归零，在没有工资的日子里，公司当地员工也熬不过寒冬了。春节过后，公司里只剩下他和助理古丽，以及负责报关的经理黄建东。

至于助理古丽，她是郁延青一定要留下来的员工，按照当地法律规定，中国公司必须有当地员工任职。公司每月仍有少量的滞留金发放，古丽才得以留下，郁延青给的滞留金不多，她还是留下来了。她是有两个孩子的单身母亲，需要养家糊口，说到这里，郁延青还有点感激她。

阿依是古丽的表妹，塔什干车马不行，信息不通，他是怎样认识她的？记得那天晚上，天黑魆魆的，郁延青从上海城的宋达吉那儿回来，准备晚上在公司里留宿算了。他孤身一人坐在办公室核算公司月度成本，想要第二天上税务局探探风声。当天晚上，整座城市如往常一样停电了，公司办公室里只能点蜡烛。晚上大约八点，古丽用钥匙打开了进出公司的铁门，那时，郁延青正坐在办公桌前。看到郁延青，古丽慌得一时不知如何言语。公司助理晚上来到公司，还带进来一个陌生女人，郁延青很是惊讶。古丽慌忙解释，说旁边的是她表妹，她表妹名字叫阿依，在他们公司对面的"希望餐厅"上班，平常就住她家里。这天餐厅临时加班，等到下班后就到了宵禁时间，她冒险出来是为了帮助表妹想想今晚的住宿地点，可是除了能想到公司，她别无他法。古丽征询意见地问，能不能让她们在办公室里待一晚？

郁延青错愕地看着面前年轻的女子，没有表态。这时，古丽说：

"郁总,你放心,明天一大早我表妹阿依就走。"鉴于有过被罚站街的惨痛经历,郁延青犹豫后,还是心软地同意了。要在晚上留宿两个当地女人,且是正当年轻的女性,郁延青怕半夜警察查房,综合各种考虑,他决定带她俩去办公室下面的地下室。

他们公司租赁的是一栋知名历史建筑,这栋独立建筑位于市中心,地下室是以前在战争年代修建的,二十世纪六十年代发生的塔什干大地震也没把它崩垮。现在,地下室里有可供躺睡的临时床,由水果箱垒砌的,临时床是为防突发事件而准备的。当天晚上,他们待在地下室里,却都没有睡,郁延青和她俩坐了整夜,三个人享受着暗淡的烛光,然后没有言语地喝了一晚上的咖啡。

郁延青下到地下室时,手里拿着一副牌,心里回味着宋老板上次打牌的套路。古丽见状,说她表妹阿依也会,他们可以一起玩。郁延青木讷地笑了,扬了下手说,还是喝咖啡吧。郁延青把扑克牌收起来了,他为去税务局的事发愁,根本没有心思玩牌。

三、奇怪的旅途

郁延青醒来时,大巴车临时停下来了,司机趴在马路边的一个检查站的窗口那里应对盘问。郁延青看了看表,接近当地时间下午两点,车行驶了两个多小时。他们碰到了临时检查,检查站里的人动作缓慢,郁延青好不容易看清检查站里有三名警察:其中一人看着电脑屏幕,一人在登记信息,两人后面站着的大概是他们的上司,他在反复地核实司机的通行记录。

等司机拿着通行许可卡上车,上司带着一名警察跟上来了,开始轮流检查乘客的旅行证件。他们检查完大部分乘客的旅行证件,轮到郁延青前面一排座位时,一名与郁延青一样戴着鸭舌帽的年老乘客慌了,从夹克口袋里掏出一张皱皱巴巴的字条递给警察。警察看完后交给上司,上司摇了摇头,这名警察开始用稍显严厉的语气说:"不知道现在是什么时候?你不携带有效证件就敢出门吗?"

"抱歉,我糊涂了,我真的老了,出门为了看我妹妹,我一年没有见到她了。我妹妹在克拉斯市,我很快就到了。"

"那不行,我们有规定,麻烦你先站起来。"

这名年老乘客缺少有效旅行证件,现在,检查站的警察还要对他进行搜身。年老乘客佝偻着站起来,被惊得瑟瑟发抖,目光里写满了乞求。

查看证件的警察开始搜身,刚才他上司注意到老头儿穿着的夹克口袋圆鼓鼓的,里面明显塞有异物。搜身的警察一下变得警惕起来,把手快速地插进他的口袋,迅速掏出一个大玻璃瓶。在太阳光照射下,瓶子明晃晃的,瓶上的贴纸有一行俄文,显示这是一瓶高度酒。警察把酒递给上司,他的上司迎着阳光轻轻摇了摇,严厉质问:"禁令不准携带酒精类物品,这是怎么回事?"

"这是我买给妹妹家的礼物,我家除了羊就没有礼物,请原谅。"

随后按照规矩,年老乘客被带下车去了。郁延青听懂了他们的当地话,他努力表现得毫不关心。老者遇到的事引起了他的警觉,老者被带下车后,他下意识地摸了摸上衣内口袋,那儿有他的护照,他又翻看了一遍所有的旅行证件。为这趟差事他已经做好所有能想到的准备,现在,郁延青可不希望出半点差错。

郁延青查看了证件后,警察已经检查完剩余乘客的证件,终于轮到他。警察拿着他的中国护照疑惑地看了一番,又瞟了一眼他的帽子,随后把他的旅行证件和护照转交给上司。郁延青以为自己会像刚才的老者一样被轰下车,但这样的事没有发生。那名上司认真地核对了一番他的证件,随后把护照交还给他。

郁延青是最后被检查的乘客,之后,警察不吭声地下车了。

好在有惊无险,车子再次启动。路边看不到费尔干纳盆地常见的土黄色景色了,路边的房屋、远处的村庄已经转变为灰白的底色,看起来像曝光过度的胶卷底片,这显示他们快到咸海沿岸,甚至,他已经能嗅到空气洇着淡淡的盐味了。顿时,郁延青脸色一沉,若有所思。

车子上的临时检查不是大事,但好像是突发事情的前奏,郁延青隐隐预感后面似乎有事情会不断发生。

大巴终于要停下来了,停在一个像是大市镇的车站里,车站旁边有一幢高大的宣礼塔。乘客们都下了车,坐在最后一排位置上的郁延青没有动,司机用眼神示意他,好像告诉他到了木伊那克。郁延青只好下车,他快速离开车站,尽量让鸭舌帽遮住眉头和双眼,仔细地打量了一番附近街道。

确实到咸海边了,郁延青虽然不能完全确定这是木伊那克,但应该不会错。站在车站旁边的宣礼塔底下,他能看见三两艘帆船悬挂着蔚蓝色的帆,它们立在几栋类似哥特式房子屋顶的缝隙之间,远处就是几近干涸的咸海。

宣礼塔前面是一座稍显泥泞的小广场。郁延青从风衣口袋里掏出字条,给那个叫阿布的警察打电话,电话响了半晌后终于通了。

郁延青自报家门说他是欧亚莲生贸易有限公司负责人,对方用乌兹别克语向他简短问好,然后,对方问:"你已经来了吗?"郁延青看了看四周,说:"我到了,先生,我在哪里见你?"顷刻,对方说:"你不必找我。"对方说到这里,停顿一下后说:"大约二十分钟后,我会到汽车站那里,到时请跟我来吧。"

郁延青挂断电话,在小广场上溜达了一圈,他抬头望了望旁边古老的宣礼塔,猜测着它的修建年代。汗国时期,抑或更早时期的花刺子模?打量宣礼塔时,他的余光一直扫视着街面,他似乎预感到这座白灰色的小镇可能有异常事情发生,但联想到五百公里之外的塔什干,他又镇定了。他知道相比过去,现在平静的街面看起来正常,诚然,仍然不能与过去相比。曾经,他快乐地载着朋友驰骋整个大陆,从高原到俄罗斯,甚至到山区的瑞士和海边的法国。他就是这样过来的,除了在塔什干,就是开着车漫无目的地驰骋在费尔干纳盆地周边。

只是,他从来没有到过这座知名小镇。

差不多二十分钟后,一个身穿军绿色警服的人悠悠地走来了。小广场上无人,这个人身躯肥胖,很是显眼。郁延青马上注意到了他,他判定胖子就是要找他的警察阿布。

果然如此,对方也发现了在宣礼塔下面站着的中国人。

"打扰一下,您是郁先生?"他走到塔底下询问着,很有礼貌,并开始自我介绍，"我叫阿布，是负责接待你的警察。"

郁延青打量了一下来者，对方看起来慵懒、睡眼惺忪。郁延青的头脑中闪现来的路上在检查站碰到的事情，几乎半分钟后，他才缓慢点头说："是的。"

"哦，很好，请跟我来吧。"警察说。

郁延青跟在他后面，他们从泥泞的小广场开始往一条狭小的街道里走去。他们行走在小街水泥路上，街道越来越暗，两旁都是石墙垒砌的房子，看起来像走进了一座古堡。

十来分钟后，警察在一栋挂着"市民活动中心"牌子的哥特式房子前停下，他打开房子的铁门走进去，郁延青也跟着进去。

这栋房屋像是负责公务的镇公所，类似国内的派出所。警察阿布坐在靠背修长的木椅上，示意郁延青在对面坐下。房间里设备简陋，墙上挂着一台不知道品牌的平板电视，电视屏幕上正在播放一场足球赛。

"你知道你为什么会来到这里吗？"半响后，警察终于发问。他刚才看了好几分钟的足球赛，看起来对郁延青的事情漠不关心。

郁延青没有立即回答，他瞟了一眼电视屏幕，这场球赛像是正在举办的中西亚足球赛里的一场，比赛已经进行到下半场。郁延青敏锐地发现，他的到来好像妨碍了警察看球赛，甚至，警察的眼神稍显不耐烦。

"我们公司的货物不是在这里吗？"郁延青反问，他是试探性的，他觉得对方处理公务的方式很奇怪。

对方没有吭声。

"货物？要知道现在做生意已经很难，你还想从事一项很难的事情？"对方的目光落到他身上，认真地看了一下他，欲言又止的样子。随后，对方打开了抽屉，从里面掏出一副很小的扑克牌，玩牌的同时继续看球赛。

"是的，很难，但那是我的事业。我喜欢做看起来难的事情。"郁延青按照往常在塔什干生活的逻辑回答着，直言不讳。

良久，警察阿布又不说话了，好像与他不相干。漫长的等待时间里，郁延青只好陪对方看球赛。郁延青也喜欢足球，生命的激情和勃发是他一贯追求的，只是刚过去的半年多想看球赛几乎不可能。这是一场在邻国首都举办的比赛，在那快要沸腾的空间里，看台上的观众为各自国家的球员歇斯底里地呐喊助威，好像要把被禁锢的压抑发泄干净。

球赛终于完了，将近傍晚。

这是一趟奇怪的旅途，郁延青并不清楚警察办事为何如此拖沓。看完球赛，叫阿布的警察关了电视，无所事事一样，他玩了一会儿扑克牌又把牌收了起来。

注意到郁延青正疑惑地瞅着他，警察终于摊了下手，说："谢谢你陪我看了一场球赛，要不，今天就到这里吧。你们公司的事情，对于我是麻烦。嗯，我想想，恐怕结束不了。我们请你住在我们指定的住所，这就给你安排。"

说到这里，他用郁延青的护照填了一张表格，还递来一串钥匙。

郁延青接过钥匙，没有吭声。

"直说吧，你被我们羁押，正在接受调查。至于房间，你可以不住,不过这样会不好。"锁门前,警察阿布又正式地说,"如果我们有任何不好,也请接纳。现实就是这样。"

四、在镇上对月亮的回忆

见过看球赛直播的警察后,郁延青发现他好像刚从梦中醒来:他正站在陌生小镇的街道上,好像到了世界的尽头。这是咸海边的陈旧小镇,尤其傍晚时分,古铜色的光辉像尘土一样覆盖在街上。黄昏已至,一个满是锈迹的街牌立在街口,然后,像周边民居里的灯一样,街牌散发出橘黄色的光。这些奇形怪状的光把街道所有房屋连成昏暗的一片,天色呈现出黑蓝状态,与街外的咸海混为一体。

郁延青明白他果然到木伊那克了,告别警察后的第一件事就是解决晚餐,然后,去警察提供的指定住所接受羁押。

"每间房屋的桌台上都摆放着一只烤鸡。"郁延青记起年少时读过的《安徒生童话》里的一幕。现在,他真的很饿了,经过下午警察无聊的盘问后,他发现自己好像赤身裸体一样站在异乡小镇的街头,名与利、亲与友都被剥离殆尽。这让他自然明白了事情的严重程度,可是,他别无他法。

诚然,他后悔冒险接受"黄色与玫瑰情人节"的货物,如果现在能重新选择,他万万不会在敏感时刻选择让公司重新开业。"可是又有什么办法呢?"他咕哝道。他打算去街上寻找一家快餐店吃个便餐。

这个点在木伊那克,绝大部分餐馆都关门了,只有街的尽头有一家面包店开着。这家面包店像橘黄色光芒里并不存在的门店,门口用粉笔写着一行俄文——面包:正常营业。

郁延青饥肠辘辘,他直奔店中,买了些干奶酪和法棍。要是平常,他绝不会去西餐厅和面包店,他宁可在厨房里捣弄些罗宋汤来度日。可是现在不同以往,他意识到要多多储备干粮,他在镇上可能要待很多天呢。他明白他只能接受这趟意外调查,虽然他是清白的,可是如果不配合,他在这生活了十多年的国度将永远没有栖息的地方。在塔什干,他已经接受过重生的考验,现在,他又得接受看起来慵懒而又严肃的考验。

郁延青提着满袋的法棍就去指定住所了,他必须在那潮湿、阴冷的地方过夜。

在镇公所旁边如囚室般不到十平方米的住所里,郁延青躺在只有单薄棉被的单人床上,继续回味他在塔什干的往事。

郁延青在塔什干留守时,古丽也是每隔几天就来公司,她来是为传播城里的最新消息,说再过一段时间公司就可以正常营业了。郁延青当然听说过小道消息,这年春节刚过,宋达吉甚至还专门对留守的中国商人下过通知。事实上,塔什干的紧急状态一直没有停。

一次,古丽说起有关表妹阿依的事情,说对面那家"希望餐厅"终于也要倒闭了,她表妹得回布哈拉的老家。是的,她表妹阿依的老家在距离费尔干纳盆地六百公里的布哈拉,那里有大片美丽的庄园和果园。古丽还说了一件事,前几天,阿依购买了一些来自中国的蔬菜种子,正在发愁春天该如何播种。

那些年，随着新疆和义乌商人大量进驻，中国蔬菜种植风靡费尔干纳盆地。上周，塔什干市政府做出"临时松绑"的决定——三天内允许市民自由上街，阿依在一个中国人的摊位上买了些蔬菜种子。现在，她准备来公司请教公司的中国人，询问在布哈拉该如何种植中国蔬菜。作为一名乌族人，除了马匹和樱桃、苹果、葡萄、杏子，她不认识这些来自中国的蔬菜种子，更不要说了解它们的种植方法。

其实，阿依自从来过他们公司，就开始对他们这家经营果类的公司感兴趣。后面，她和古丽一起又来过几次，每次都是午休的时候。当时，阿依还在"希望餐厅"打临工，而古丽表示等塔什干的事情平息后，她打算回家休息了，也就是说她有辞职的意思。鉴于公司需要增加当地人，古丽表示表妹阿依可以接任工作。阿依因为以前的工作关系稍懂一些中国话，现在如果来公司里经常和中国人交流的话，等到再过两三个月，估计阿依就能胜任助理的职位。她还说，她表妹阿依见识多，不是一位普通乡下女子。

古丽极力推荐表妹来公司，但郁延青并没有表明态度，虽然郁延青对公司的大小事务可以全权处理，但果断行事从来不是他的风格。

古丽和阿依姐妹来公司次数多了，郁延青自然和阿依就熟悉了。有一天下午是阿依独自来的，那次，她为春天播种蔬菜来找郁延青。郁延青正在公司里做季度计划，为了公司能够重生，他殚精竭虑地考虑所有拯救方案，等到下午三点，才发现自己饥饿至极。他从公司办公室边上的小厨房里翻出一小瓶腌制的鹰嘴豆，还准备用平底锅炒盘蛋炒饭。他在小厨房里捣弄时，门口出现一个人影，初以为是报关经理黄建东回了塔什干。他探头去看，发现是戴着头巾、挎着一个皮包的阿依，她正望着这里。郁延青其实不擅厨艺，而费尔干纳盆地的女人都是天生的厨师，见有一个当地女人望着自己做饭，他索性放下锅勺，走到办公室里，示意她在对面的椅子上坐。

"郁总，这样可以吗？"她走进来了，看他好像又要忙于看文件，她有点不好意思。

"没事，反正饿也饿过来了。"郁延青说。

阿依从包里掏出了那些包装好的蔬菜种子，大小共有十来包。郁延青知道她为什么来找他，他打开手机，搜索出各种蔬菜的图片，准备花上半个小时或一个小时，来教她如何辨认来自中国的常见蔬菜，以及春天应该如何种植。

"这是茄子，茄科。春天种，过阵儿就行。种子用温水泡一下，准备好肥点的土壤，将种子撒在上面，注意，要盖好土。你要浇水知道吧，苗长大点后再移栽。"

说话间，窗外闪了下，像老式照相机开启了镁光灯，刹那间照亮整间办公室，亮光像烟花一样闪耀在窗玻璃和雪白的墙壁上。随后，屋里的人继续陷入令人昏睡的昏暗中。自从上次她和古丽来公司地下室避难后，塔什干已经到了更加动荡的时期，全天停电。有时晚上，远方枪声骤然响起，听起来像炮仗，他们在塔什干得经历漫长漆黑的一夜。现在，郁延青只用眼睛的余光稍稍看了下窗外，然后继续讲他的，他对此习以为常。

"噢，好吧，茄子——"

她在包装袋上写下与汉语同音的音标,她蹙了蹙眉,眼里放出光来,又眉头舒展地看着郁延青,她渴望他继续教她蔬菜的播种时间和播种方式。

"辣椒,辣椒很辣。外省人喜欢吃,例如湖南、四川,我们那边的人怕辣。也是茄科,种法和茄子差不多。"

"辣椒,辣椒很辣,噢,我也写下来吧。"

"这是豆角,四季豆。四季,意思是春天、夏天、秋天、冬天都可以种。我们老家叫清明豆,这个更好种,种前将土翻一遍,施点肥,平常要除草。"

"豆——角。"

"茄子、辣椒、豆角、豇豆,要这样,来,我教你写。"

"可以吗?好吧,谢谢。"

郁延青教她写,顺带打起手势,慢慢地,他看着她似乎陷入了一种真切的情愫中。

二十多年前,他母亲也这样教过他,出生于江南的他也来自乡下,那是江南水乡的乡下、与世无争的乡下。曾经,他报考重点大学失利,没有大学愿意录取他。他以为会当一辈子的农民,于是,从那个早秋起,母亲教他种菜,一板一眼地教他辨识种子。从学习播种这件小事上,他似乎找到了生活真正的含义,种子代表希望和重生啊。只是那年命运跟他开了一个玩笑,最后关头,没有被重点大学看上的他被一所普通农业大学给录取了。他在大学里学的农学,四年后他毕业,到了一家种子公司上班,种子公司下派他到底下县城驻点。那段日子,他走遍了江南的无数小镇,这样的行程居无定所,充满卑微。后来，他打算自己成立种子公司，他发现他重生的梦想并不是在南方，而是在远方，遥远的远方。他试图全面地了解自己，等到在高原成立欧亚莲生贸易有限公司时，他终于发现自己是一个大胆的中国人。

教她辨认完十来种蔬菜后，郁延青真的饿了。他艰难地咽了咽口水，看起来很难受。他确实有胃炎，一发作胃就像火烧起来，平常适合少吃多餐，这都是他在底下县城跑业务时落下的老毛病。到这儿，他再也忍不住地说："我先吃点豆子吧，确实饿了，胃很难受。"

"你饿了？要不，我来做抓饭吧。我看你这里有厨房和冰箱，做起来很快的。"

"方便吗？恐怕我们公司经理阿东要来了。"

"没有关系。"

"那行。我倒想把你介绍给大家，以后你就是公司一员了。"

…………

阿依去办公室旁边的小厨房里，用平底锅给郁延青做饭去了。她开始切胡萝卜、洋葱，看到小小的操作台上有一个大蒜头，她很快剥好了。剥好蒜头，她转过头来，脸有些通红地望了下郁延青，发现郁延青正望着她做饭。"哦，羊肉。"这时，郁延青念叨了下，他们公司办公室还有一小扇羊排，放在地下室的冷冻柜里。他马上行动起来，去地下室把小扇羊排从冷冻柜里拿出来。现在全城时不时停电，要是夏天羊排早就坏了，幸好现在天气还很冷。这个女人接过羊排时，眼神迅疾地避开了他，像是触及了什么东西。后来，她只管做饭，郁延青也没有说话。

她自愿给他做饭,在广阔的高原,这到底透露出什么?这近乎窒息的时间里,其实,郁延青一直在看她唯美的背影,似乎忘记了窗外的纷争,忘了黄建东——他常说阿东下午可能来到公司。他变得慵懒极了,享受这种封闭的舒服的状态,他以前不是这样的。

就如后来我所知道的,自从那天下午开始,短暂充当农业教师的郁延青陷入了一种愈加浓郁的情感中。坦白点说,这就是颤抖的爱欲。这真是一种少有的滋味,除了远方和金钱,他第一次发现世上好像还有女人。四十多岁的他忙碌了半辈子,竟然发现自己第一次对爱情产生知觉,并不因为对方是高原的女人。那一瞬间,就像疯狂生长的蔬菜,他深切地体会到人类的情爱如此真切,那种炙热油然而生,让人奋不顾身,这到底是一种怎样的激情?他并不明白,但依然像以往拼命追求金钱以及怀念亲情一样,从此,他拼命地去追索、探求它,乃至让他忽略了公司运作的缺陷以及背后的陷阱。

那天下午,公司的报关经理黄建东来了。他时隔七个月第一次来到塔什干,只是当天他并没有走进办公室去和郁延青打招呼,来打破郁延青已然封闭的情感世界。当然,郁延青是后来才知道黄建东来过公司。

五、"你应该跪下!"

郁延青的腮帮有点疼,他几乎从睡梦中笑醒。他想起了梦里有关塔什干早春时候的回忆。继那次单独来公司找他后,阿依又来过几次,虽然郁延青很忙,可是一旦阿依过来,他还是会停下来。他们大多数时间没有谈工作,都是谈一些琐碎的生活常识,例如,除了在塔什干常见的中国蔬菜,他教她认识另外一些蔬菜和中草药,如韭菜、香菜、芹菜、人参、芍药、当归……除此,他还教她一些中国古诗词,如《春晓》:"春眠不觉晓,处处闻啼鸟。夜来风雨声,花落知多少。"如《春夜喜雨》:"好雨知时节,当春乃发生。随风潜入夜,润物细无声。"她呢,告诉他发生在塔什干和撒马尔罕的趣事,还有布哈拉的笑话,她提及了阿凡提的传说。阿凡提的故事正是来自她的老家布哈拉,布哈拉所有人都知道阿凡提。

梦中,阿依讲述起阿凡提智斗巴依老爷的笑话。郁延青醒了,老实说,是电话铃声催醒他的。

还是当天夜晚。正式到晚上时,这个叫木伊那克的小镇一度安静,郁延青躺在单薄的被子下面不知睡到了何时,他被电话铃声给惊醒。他原以为是公司经理黄建东的电话,拿起手机一看,发现是上海城老板宋达吉。

"郁总,是不是真要吃你的喜酒了,不用我等到下个月?"电话中,宋达吉开起像是真话的玩笑。

睡眼惺忪的郁延青不知如何回答。

见他不答,宋达吉絮絮叨叨地说正事了。"这是关乎塔什干华人的大事,从这天开始,除去周边地区,华人终于可以举办活动了!那么,留在塔什干的中国人是不是可以搞个年会,探讨以后的发展路线?这到了一年多来最应该聚会的时候。"宋老板这样说,自然抱有一种私心,宋达吉的生意在塔什干无人不晓。往常,他每年组织一场年会,在塔什干的中国人都来他的上海城参加。年会酒席收费高昂,每桌必备北冰洋磷虾、俄罗斯鱼子酱、芬兰奶酪、布哈拉葡萄酒。为了满足中国男人的特殊胃口，每桌还会上一瓶正宗的飞天茅台。作为在塔什干较大中国公司的负责人，郁延青每年都参与组织。

现在公司遭遇了突发事件，郁延青没有心思思考它们。宋达吉提及此事，刚醒的他支支吾吾，宋达吉没有听清他的话，电话中嗔骂起他："郁延青，在忙啥子哟？现在才晚上八点半，你这就上床睡觉了？"

郁延青没反应过来，他发觉自己竟然仍在痴笑。

"黄建东那个衰仔，你要……"宋达吉说到这里，竟然也噎住了，"好了，我不说了，你休息吧。"宋老板挂断了电话。作为一个上海人，他居然学起了夫人小乔的长沙口音，宋达吉这样，可能是爱屋及乌吧。

郁延青仍然不知宋达吉所说何事，他无趣地为之笑了笑。不过转念一想，宋达吉的话又让他挠头，等想要认真地给予回复，他发现已然晚了。那么顺其自然吧。

"砰——"

郁延青陷入矛盾思维时，突然，"砰"的一大声，他住的指定住所的窗玻璃"哗哗"全部掉落下来，玻璃被巨响完全震碎。随即，咸海的冷空气像一股飓风往房间里灌进来，冷得郁延青瑟瑟发抖。他感觉自己快要聋了，更重要的是，郁延青完全不知镇上将发生什么事情。随即，四周响起嘈杂的声音，甚至连防空警报也响了。

炮声把他震到了现实中，回到现实中的郁延青陷入了迷乱。这趟出门，看来脑海中的预兆开始应验了。他慌慌忙忙地套上衣裤，背上旅行包,迅疾地出门下楼去。

事实上,木伊那克的街区被毁只是塔什干局势进一步恶化的结果,无关郁延青本人。不过,这样的事他能切身体会到,如后来我所知道的,也在彰显他的个人境况开始急剧恶化。当时,他刚从指定住所下楼,街区马上遭遇了厄运,那片街区上空冒出一线耀眼的火光,指定住所随即分崩离析,和两边的房屋一起被夷为平地。

郁延青站在距离指定住所前约五十米的街上,他目睹了一切,简直不敢相信眼前发生的事情,他被吓出一身冷汗,同时庆幸刚才做出了正确选择。他想打电话给当地警察阿布报告指定住所发生了意外,不过,眼下只有一件迫切的事情要做——逃命。

本来无人的街上出现了很多人,当地人似乎也没有预料到意外发生,有的男人身穿睡衣,有的女人披头散发,有的人怀里抱着宠物狗,甚至推着婴儿车,看起来惊魂未定,这些当地人集中往一个黑暗的地方奔跑。郁延青只能赶紧跟上去。当然,他不可能从这里逃跑,否则为何而来呢?

晚上,小镇黑如混沌太古,全无光彩,能听到海浪声传来,透露出一丝寒意。郁延青跟着人流,大部分人往一个方向跑去,当看到街道前面出现一座高大的像宣礼塔一样的建筑时,他才辨认出来走到小汽车站了,也就是白天约见当地警察阿布的地方。他走到小广场上没有停,眼看着百余人往小广场后面的建筑群里走去,他跟了上去。

等走到那里,他才发现眼前是一座清真寺。

清真寺的大门打开，里面透露出点点飘摇的烛光，避难的民众进去时，郁延青小心翼翼地跟了上去。他是提着傍晚买的一大袋面包进去的，刚才从指定住所下楼逃难时，他并没有忘记携带救命粮。他来到这里，心里已经做好了一切坏事情发生的准备。

清真寺的正房看起来高大雄伟，里面贴满了五颜六色的琉璃瓷砖，微弱的烛光衬托下，墙壁上的马赛克图案看起来流光溢彩、美轮美奂，与外面阴冷、黑暗、颓废的景象全然不同。来避难的人们走到清真寺的正房里，他们停下了脚步。这些人瞻仰一番后，纷纷跪在地板上低头祈祷。刚开始是为数不多的人祈祷，后来，进来的人越来越多，他们也跟着跪下来祈祷。当郁延青走进清真寺正房里，他发现大部分民众已经跪在地上。

这时，郁延青需要面对一件事情。郁延青后来才真正地意识到自己不经意间犯了重大错误，但是他当时全然没有意识到：

他应该跪下。

他没有。

当祈祷完的人看着一个背着包、拿着一袋面包的陌生面孔站在他们跟前，他们的目光齐刷刷地看向他。他才明白自己也应该像当地人一样，至少表现得像当地人，否则，他不应该来这里。

他笑了笑，扬了下手表示无奈。他正站在正房里面的一根大柱子旁，他想，看着他们祈祷就好，等到身边的人举行完仪式，他就以自己的方式表示友好，把带来的面包分给来到清真寺的当地小孩。

旁边的人不断地看着郁延青，凝视几秒后，等他们把目光移到他处，又有一批人跟着过来看向郁延青。郁延青分不清这样的目光到底充满恶意还是善意，不过，他明白一点：他们至少对他充满误解。现在如果要打破误解，他必须有所行动。他解开面包袋子，掏出好几片面包，当看到一个小孩跟周边大人一样好奇地看着他，他把手里的面包片递给了小孩。

小孩正要接面包，小孩旁边的父母阻止了，他们带着小孩远远走离了郁延青倚靠的大柱子。

郁延青受到了冷遇，显然，误解让他遇到现实问题：当地人对他很是提防，他如果在这里待上一夜，这将威胁他的安全。现在他终于明白，来的路上检查站为何要上车检查和搜身。

他没有再把面包递给周边的人，他非常清醒地知道，只要在这里过一夜就好。然后明天见到警察，他准备一五一十地回答警察需要的内容，当警察做出决定，他就可以离开与他毫不相关的小镇。按照惯例，来高原的中国公司都要走类似程序。当警察说因海关的事要求他来到这里，他仍然没有感觉到太多的奇怪之处，也许，过去塔什干的状况让人麻木了吧。

有时，麻木是一件好事，至少可以让一个人活着。想到这儿，郁延青后悔地吐槽。

"请问，你是外国人吗？我看你好像不属于这里。"郁延青遐想时，旁边一个当地老人终于主动跟他说话。

老人面目慈祥，目光和蔼，看起来有礼貌，询问很是直接，也许他知道郁延青刚才遭受冷遇的原因，老人好心提醒。

"是的。"郁延青微笑着答道。

"来旅游？我们这里长期以来就是有名的度假胜地。你看，我们还有国际性的岛屿,风光很好,我见过中国人。"老人和他热情地聊天。

"哦,我第一次来。"郁延青没有直接地回答,他望了望咸海的方向,模糊的视线中好像真能看到岛一样,"看起来确实很好、很美。"

"那你怎么来到这里的?"旁边出现一个头蒙黑纱的妇女抢话。妇女投来阴鸷的目光,看起来不甚友好,她直接打断了郁延青说话。

郁延青脸上的微笑渐渐凝固。

"坐车来的。"他如实回答,说到这儿,他又补充说,"我是有事。"

妇女不关心他来的目的,她认为他误解了她的话,依照她目光的意思,他应该解决他碰到的现实难题——他必须与周围当地人一起做一样的事情,按照她心里话似乎是:"你应该跪下!"她还埋怨地看着他手上的面包。

对方等待他回答,郁延青知道这俨然成为一件大事,可是对于妇女的话意,他没有照办,他并不喜欢做违心的事,而且,他不再想回避(这样一想的话,等于回答电话里宋达吉半开玩笑半认真的话了),他下定了决心,直接回答。

"我在塔什干很快会有一位夫人,我将成为最美乡下布哈拉的女婿。我来这里,运气不太好,一到就倒霉了。大概都会过去,就像我手里的葵花子,一到春天,它就要发芽,所以,明天就会好。"郁延青一股脑儿地把实情吐露出来,他很有底气地说。那一刻,他天真得像一位少年,还低头看了看自己的手,他手里正握着几颗葵花子。他出门时携带了葵花子,这是高原的吉祥物,葵花子象征重生,他笃信至今。

六、与爱情、绑架相关的悬疑案

郁延青在咸海边的公开说明，等于公布了他和异域的关系。自从向他请教如何种植中国蔬菜后，阿依发现郁延青搁在地下室的羊肉没有了。第二天，她没有预约又来到他们公司，当她把一个大包打开时，郁延青惊讶地发现她带来了一大扇羊排，羊排至少十斤，也许是她从塔什干临时解禁的肉店里购买的。她把包里的羊排展示给郁延青看，趁郁延青不注意还快速地甩了甩那拎痛了的手。这细微的甩手，郁延青还是注意到了，他心里立即充满了疼惜，甚至，他强烈地产生了冲动，想要抱住眼前这名已经让他产生幻想的年轻女子。对方显然捕捉到了这种情愫，她很快就走了，说要赶在临时解禁结束前去趟乡下。

其实，后面从早春到仲春、孟春，她又来过多次，等到后来，他们之间真的建立微妙的情感了，这个叫阿依的漂亮女人才不顾禁令屡次来找他，郁延青心里也期盼起来，只是谁都没有捅破。郁延青呢，他许诺说等真正的春天到来，他会去她家里拜访，现场演示如何种植蔬菜，种上向日葵的同时种上大片的蔬菜——他一直认为高原的人肉食摄入太多，容易患上各种心脑血管疾病。其时，郁延青已经强烈要求她来公司入职，甚至许诺等古丽离职后，她来接任公司助理的职位。阿依倒是犹豫，后来在古丽的支持下，她答应可以来公司帮忙，古丽也已然发现爱情的苗头。

现在,郁延青身边出现了一个漂亮的当地女人,在塔什干,这种敏感的两情相悦似乎已成为公开事情,只是郁延青没有去思考其他华人的反应,他还沉醉在春天播种与生长的情境里。他举棋不定,惆怅无比,他甚至偷偷喜欢上了朦胧和暧昧。

中国商人和一个当地女人迅速坠入爱河,这在后来观察了整个塔什干华人生活状态的我看来,不是专注于商业的中国人乐意谈论的事,何况,这只是短短三个月内的事情。如果塔什干不发生任何动荡的话,也许它只是一段曲折和漫长的浪漫生活。但是,塔什干半年多以来经历了太多突发状况,塔什干的华人都想把它作为一个完整时间段而彻底削去。因此,郁延青的事看起来像是一夜之间发生的,这让塔什干的华人为之不解。

塔什干解禁通知正式下达时,郁延青似乎已经变得热烈和大胆,他打算亲自揭秘似存在又飘忽的情感。随后,他开展了一次社交活动,他带着阿依见了留守塔什干的所有华人。

发起人竟然是公司里的黄建东。黄建东回到塔什干半个多月,却没有把他回来的消息告诉郁延青。当从塔什干的其他中国人那里听到郁延青陷入爱情的消息时,在塔什干正式解禁的第二天,他突然给郁延青打了电话。

"青哥,你和阿依的事怎么不早说呢,全华人圈都传遍了,怎么就我不知道?"

"你在哪儿?回来了吗?你说的什么事?再说是私事、私事,我们只谈公事,百废待兴,接下来要好好工作。"

"我刚回来。是我猜的。现在,哪有私事和公事之分?这样吧,我请你们看电影,以前的老电影《基辅姑娘》。我们来的时候看过呀,你还记得吧……我再想想新电影,《走出非洲》?这部电影也不算新了,你看我们怎么正式见面好?"

"电影就算了,要不吃饭,去宋总那儿?"

"那行,老宋那儿。对了,公司里的古丽呢?"

"她下班后要忙家里的事,来不了。"

"好。"

这通电话后,黄建东果然宴请了郁延青以及其声称公司新聘的阿依。黄建东请公司的人吃饭其实也正常,他看起来很关心郁延青。

郁延青和黄建东到底是什么关系?说来话长,他们几乎同时期来到塔什干,在国内时也有相似的经历。他们是出生邻县的老乡,都曾上过大学,郁延青学的是农学,黄建东学的是邮政,他们大学毕业后都在县城里待过。郁延青来到塔什干时,他一穷二白,黄建东则不一样,他不仅拿了绿卡,在塔什干还有一个富亲戚。他的表舅梁中稳在阿姆河畔开设了一家华人宾馆"塔什干之夜",光是房间就有一百多间,还有餐厅、酒窖,宾馆价值三千万美元以上。

郁延青来到塔什干找到的头份工作就是在"塔什干之夜"上班,他在这里碰到了黄建东。当时,黄建东是宾馆餐厅部经理,郁延青负责宾馆的酒窖。这家豪华宾馆的地下一层有一个大型酒窖,郁延青的工作是收购当地不同档次的葡萄酒。七年前,郁延青从"塔什干之夜"辞职,创办了欧亚莲生贸易有限公司,主营果类和酒品贸易,其他中国公司惨淡经营着,他的公司竟能蒸蒸日上。后来在郁延青邀请下,黄建东也来到了公司,具体负责报关业务。报关的工作倒是清闲，但黄建东平常很少回塔什干。

那天，他们如约到达宋达吉的上海城，黄建东做东，慷慨地摆了一大桌宴席。本以为饭桌上会说郁延青最近出现的情感动向，可等到见面，谁都没有说。私传与郁延青有暧昧关系的阿依也在，参与的人大概为了照顾当地人的心理，因此，他们只是唠嗑，说着不痛不痒的笑话，连宋达吉的老婆小乔这个泼辣的长沙女人也很识趣地并不提起。当晚，吃完饭后，喝了酒的郁延青离座去趟卫生间，没想到阿依跟上来了。她跟他说她晚上还有事，需要先退席，随后三天是本地的宗教节日。郁延青知道，他轻轻拍了拍她的肩膀，她深情地望了他一眼后，走了。她走后，剩下的只有中国人了，所有的中国人就像放飞心灵的赤鹰，他们再也不必用纸话筒来代替扩音话筒，他们在上海城的 KTV 唱了一整晚的歌，其中有《月亮代表我的心》《星星点灯》《似是故人来》《男儿当自强》等，最后推动气氛走向高潮的是《今夜无人入眠》。前一年，凛冽的冬天里，意大利歌唱家帕瓦罗蒂刚好在北京举办过全球告别巡回演唱会。

不料愉快的聚餐过后，塔什干的华人圈里很快发生了一起蹊跷的案件。该案谜团重重，郁延青一直迷惑不解，甚至可以认为，他来到小镇正是为解答心中的疑惑。

三月中旬的那天，就在郁延青和黄建东他们吃过饭后的第五天，塔什干的华人圈突然发生了一起离奇的绑架案。那天，郁延青刚从费尔干纳盆地的乡下收集货物回来，突然接到宋达吉打来的电话。宋达吉说："坏了坏了，'塔什干之夜'的梁总被绑架了，在宾馆里绑走的,你听说了吧?"郁延青听到后心里"咯噔"了一下,赶紧问:"什么?你确定?"宋达吉说:"真的假不了,对了,你熟悉的梁老板梁中稳,你知道他去赌场吧?梁总成为猎獾了。"

"猎獾"是赌场里的行话,意为被绑架,近年来高发于华人客商中间。郁延青以前就是"塔什干之夜"的员工,梁中稳是他的前东家,当初他创办公司时,梁中稳还给他注了资,是他名副其实的贵人。

十多年前,塔什干开始繁荣昌盛,整个国家放开了博彩业,这一下挠动了部分人的心。国家博彩中心没有成立前,"塔什干之夜"的老板梁中稳偶尔会去塔什干的地下赌场消费,这郁延青是知道的,还曾经陪同梁中稳去过两次。那是郁延青没有发迹前第一次在现实中见到如此辉煌的场面,这让他暗暗下定决心离开"塔什干之夜"的酒窖,选择自行创业。当然,梁中稳为人稳重,就像他的名字一样,做事一向沉稳、持重,他去赌场从来只小赌,更多的是享受里面的各种高档服务。现在塔什干彻底解除了非自由状态,梁中稳去赌场能想到的缘由,大概是想一吐困围城中半年多的郁气。听宋达吉说梁总突然出事,郁延青万万没有想到。

郁延青回塔什干后,宋达吉说出了事情原委。梁中稳确实如猜测的那样去了赌场,只是这次与他以往独自一人前往不同,他带上了表甥黄建东。舅甥俩到赌场后,梁中稳玩了几手牌,与宋达吉热衷占卜不同,他是赌大小玩赔率。梁中稳是这方面的高手,那几把牌梁中稳赢了近两千美元,然后,舅甥俩就到他们订的宾馆"泰式酒店"里去休息了。黄建东叫技师进房间来,他俩开始做全套的泰式按摩。途中,黄建东说他有点饿了,就去了宾馆下面的自助餐厅。等到他回来,梁中稳和技师都不见了。

当天,"塔什干之夜"的客服部接到一个电话,告知他们宾馆的梁老板成了猎獾,赎金高达五百万美元。

宋达吉说,这些都是黄建东在华人商会那里向他讲述的。

"为什么黄建东不把事情告诉我呢?他回来没跟我讲过。"郁延青一听宋达吉说完梁总成为猎獾就气愤地发问。

"那我就不知道了。"宋达吉说。

"总感觉事情有蹊跷。"郁延青说。

"绑匪给了撕票的具体时间,警察在处理,我们华人商会必须跟进,好歹大家都是经常来往的会员。"宋达吉说。

他们说到这里,没有再讨论。

郁延青想到的是必须亲自找黄建东谈谈,了解梁总被绑架的具体情况。

一天后,郁延青见到了黄建东。黄建东自己来的公司办公室,黄建东对他所说的和宋达吉说的几乎一模一样。黄建东说梁总的事情发生在咸海度假村的国际博彩中心,警察已经接案,目前还没有进展。

如何解救梁总让郁延青备感棘手,托付给塔什干的警察,可是警察忙于烦乱的治安事件,哪有空来搭理华人群里的没有根据的事情?拖了两天没有任何音信,梁总家属自然哭得死去活来。失望之际,郁延青还专门去过一次"塔什干之夜",没有老板的宾馆门庭萧瑟。为此,那几天的郁延青焦头烂额:一要处理公司重新运营的事,现在每件事都要他亲力亲为;二要联络塔什干的各界华人,为搭救前东家梁中稳绞尽脑汁，最后又只能想到和宋达吉一起出谋划策。

撕票日期的前夕，宋达吉突然给郁延青打来电话，告诉郁延青发生了一件重要且奇怪的事情。电话里，宋达吉紧张兮兮地说，他接到一个女人的电话，这个叫"月亮的女人"的女人告诉他梁总马上可以获救。如果相信她的话，她会带援助人到上海城的华人商会总部洽谈，对方提出需要五万美元作为赎金，然后援助人会马上带钱前去咸海边的赌场交涉。这是一笔不小的数目，可是相比那笔天文数字的赎金，又是小巫见大巫，梁总家属自然痛快地答应了下来。当天傍晚，梁中稳果真获释，安全回到塔什干的家里。

那段时间，"塔什干之夜"负责人梁中稳成为猎獾是华人圈的第一等大事，十天后，大家放了心，以为虚惊一场。郁延青的前东家被绑架，谁也没猜到会对郁延青产生影响，殊不知，它对于郁延青是一桩影响深远的悬疑案。

七、在岛上给那个人打电话

木伊那克是郁延青因公司的事被羁押的地方，也是梁中稳被绑架的地方，只是美其名曰国际博彩中心的赌场离镇上尚有一段水上距离。赌场设在木伊那克的一座小岛上，从镇上通过一座高架桥到达岛上。梦中提醒一下击中了郁延青，刚才在避难地的睡梦中，他似乎明显探知到了这点。他孤苦无助，乃至睁开眼，仍然带着痛苦和难堪。

等醒来时，他已能看到翌日晨曦。在清真寺里，他总算和当地人平安地度过一晚上。这是早晨七点,他醒来就准备离开,没有向任何人告别。从内心里说,他好像记起了他的另一面——他是唯利是图的商人——必须接受惩罚,那么,被世界抛弃也变得能够理解。他承认自己是虚伪的人,但并不承认自己狡诈无比。现在,他只想和刚经历的艰难险阻说再见,他恨不得变成一匹马驹,立即消失于晨雾中。

在咸海掀起的层层迷雾中,他迅速回到那条小街的指定住所前面。

那里遍地瓦砾,天色欲雨,能看见咸海上空黑压压的云。这样的天色看起来仍然不是一个晴朗的天,穿着风衣的他在原处静默良久。

"嘿。"直到一个人走近,向他打招呼,他才反应过来。

警察阿布来了。

"郁先生,对不起,昨晚发生的事情,我们没有想到,我本来想给你打电话。"警察阿布颇为同情地看着他。

郁延青没有说话,表面看起来就像没发生过任何事一样。

"噩梦,该结束了。"警察阿布看了看破旧街区,陷入沉思般说道,"他们不会以为挂着'市民活动中心'的牌子就是赌场吧?他们一直想炸掉赌场,说炸掉万恶的赌场就接受我们安排。他们考察过多次,莫非故意炸错的吗?"

郁延青满是疑惑地看着警察阿布,他本来想问他们公司的黄建东是不是与货物在一起,为何一直没有见到黄建东,但是经过阿布一打断,他的思绪一时没有接上来。

"赌场,在那里。"警察阿布非常诚实地指了指方向。

炸塌的街区出现偌大的豁口,从这里可以看见快要干涸的咸海深处,视线中出现一座清晰的小岛,能看到岛上高大的建筑,甚至,还能看到岛上一座不太高的摩天轮。昨晚郁延青睡觉时,并没有注意到小岛。

郁延青没有回应,到这份儿上脑瓜已经不太好使,他直愣愣地问:"现在呢,去哪里?"

"下午到我们的海关办公室。你放心,晚上你会住新的地方,只是我们没有专车接送,所以只能你自行过去。你去我们的小岛,那是我们镇上的一部分。为你们公司货物,你大概需要缴纳五千美元,要知道,我已经在努力地帮你了。"

警察阿布仍然在看小岛,还耸了耸肩膀,用适当的叹息表示他的无奈:"抱歉,其实我们不想这样,可是为了生存和秩序,真没有办法。"

"我们的货呢?你知道我们的黄经理吧?"说到这儿,郁延青终于想起他来这里的最重要的事,黄建东一直处于失联状态,也不向他报告相关事项,令他很是担忧。

"货物?在的。"警察阿布眨了一下眼,"至于人,你们黄经理?抱歉,我本来不负责这事,我只见过他一次。他应该在镇上,你们之间有事吗?"

"是吗?"说到这儿,郁延青倒反问了一下。

早上的小镇寒意料峭,真的下雨了。郁延青伸手到空中,像迎接冬天的雪一样顺手捻了捻,然后,看了下自己湿漉漉的手。

轮到警察阿布没有出声了。

"我来这里是为了快速处理事情,货必须五月送到欧洲,否则……"郁延青直截了当地说,他不想再浪费时间了。

"货物没问题,这我能保证。我负责稽查,我能说的就是这些。郁先生,嗯,你应该还有其他事情,我想这也是你来的原因。也许在塔什干,你们不方便谈论吧?"警察阿布揣摩地说起题外话。

郁延青机警地瞅了瞅对方,对方正认真地看他,这回轮到郁延青不吭声了。

"你们公司的事,我们下午就会处理完,确实有一张罚单。郁先生,现在你可以好好考虑,我要去忙了,等到我们再见还有半天的时间呢。"

"那么,我可以先去那里吗?"郁延青提出要求,指了指那座小岛。

"我们在岛上见面。我忘了告诉你,那里有我们的行政中心,岛上才是我们海关的正式办公室,你应该去那里办事。我重新表下态,我希望你的困难今天能够解决。"

告别警察阿布后,郁延青已经完全清楚木伊那克发生过的所有事情。前一个月"塔什干之夜"的梁总成为猎獾就发生在这里,具体说是这座岛上;现在自己的货物又被扣留在这里。当然,郁延青已经注意到一个重要细节:这些事情都发生在他身边,都和黄建东有关。

从最坏的塔什干到如今要去的四周咸水包围的岛屿,郁延青明白他的情况一直在变坏,他越发感慨这趟旅途的差运气来。他回想起宋达吉电话里没有说完的话,他正准备前去小岛时,他的电话又响了，以为仍是宋达吉，却发现是黄建东。黄建东终于给他打来了电话，但是这个紧要时分，郁延青并不想先和他联系，于是，他一时没有去理睬。

现在，他心里冒出一个危险的念头——他要弄明白"月亮的女人"，她真的来这里工作过吗？她先前工作的地方到底是怎样一个地方？首先，要寻找那个人，他打算在这里和她背后的援助人见面。其次，梁中稳一事让他仍然备感蹊跷，他知道黄建东在岛上，最终他会和黄建东见面。现在，他想要彻底解决遇到的怪事。

告别警察阿布后，他就去了镇上的小车站，从那儿坐公交车前去小岛，他准备悄无声息地过去。重新走进小车站时，他在售票厅询问车站人员去小岛如何走，售票员向他指了指车站里面的小公交车。小车站只有最老式的公交车了，样式像二十世纪八九十年代活跃在北京大街上的汽车。他买了票后直奔而去，小心翼翼地上了车。

车上坐了两三个人，他们纷纷看向他。可是，为了避免出现像昨晚在清真寺里的尴尬，他没有理睬他们，把目光远远地投向窗外。他决定反击，不再受不熟知的是非凌辱。

半个小时后，郁延青终于到了岛上。在进岛的入口，他首先看到一串漂亮的俄文艺术字招牌：咸海度假村＆国际博彩中心。小公交车停在距离招牌不远的停靠点，郁延青下了车。从这里能看到前面有几栋十几层楼高的高层建筑，那大概是岛上的酒店区。郁延青已经辨认出其中就有前东家梁中稳出事的泰式酒店，他准备到那里去看看，然后再去岛上的赌场。他这一趟行动极为隐秘，看起来就像侦探小说里描绘的那样。

郁延青先在泰式酒店前台逛了一圈。酒店客房价格不菲，在这近五月的时节，一楼前台区仍然开着暖气，酒店里的雇员不论男女，穿着暴露，一律泰式打扮，看起来妖娆芬芳，让来者产生一种错觉，不像在寒温带的高原，而像身处泰国的普吉岛，与小镇上的破败形成巨大的反差。酒店电梯那里能看到白种人和黄种人出入，不少人还亮着文身。

这样的环境下，梁总难免会被锁定为猎獾，郁延青想。为了证实心中的疑惑，上午十点左右，他来到一楼前台区订了一间房，他并没有听取镇上警察的话，到岛上后去行政中心报到。

现在郁延青的房间号是1415，他坐电梯上楼刚走进房间，关好门，就直奔写字台的座机旁边，从旅行包里掏出来一张字条。这是梁中稳事件中的援助人的电话号码，号码是宋达吉所给，郁延青马上要做一项试探性的充满危险的工作。

他要打电话。他颤颤抖抖地拨着电话号码，电话拨通，对方"喂"了一下，郁延青没有拐弯抹角，直奔主题说："我知道梁中稳的事，我和他是朋友，现在我有急事，你能和我见面吗？"对方说："嗯？你有什么事吗？"郁延青问："你认识'月亮的女人'？"对方停顿了下，冷淡地说："现在我和她没有关系，那事是她来求我的，我不喜欢别人提起。"郁延青说："你如果解决了我心中的疑惑的话，我可以出高价，比上次你的行动回报更高。"对方讥讽地笑道："你能出得起我的高价？"郁延青说："难道就不能见一面吗？"对方说："既然你提及了'月亮的女人'，那我告诉你，我现在只为一个中国人工作。"说到这里，对方挂断了电话。

郁延青心底一凉。他心情低沉，准备下楼去附近的国际博彩中心看看，但走到电梯里时，他又打消了念头——现在，探知"月亮的女人"是谁全无必要，他心里有了底，这让他完全释然，那么，暂时没必要去赌场自寻烦恼。

下午两点过后，他直接去了岛上的行政中心。走进里面的海关办公室，他果真见到了原来接待他的警察阿布，这名忠厚的警察倒帮了他一个大忙，在同事面前费尽口舌地帮他说话。郁延青顺利完成了法律流程，他本人被解除羁押状态。最后，郁延青领取到一张罚单，他需要立即缴纳罚金，海关的处罚理由非常明了：特殊时期，欧亚莲生贸易有限公司涉嫌非法货物运输——他们的货船从阿姆河水路一共跨了两次境，其间居然没有申报过，郁延青作为公司法人，理应被控制。警方说本应该没收全部货物，现在缴纳罚金即可。

"对不起，我只能帮到这步。"郁延青缴纳罚金后，旁边的警察阿布拍了拍他的臂膀说，"我的任务全部完成，郁先生，你大概还需要处理你们公司内部的事情，祝你好运。"

话里有话，郁延青明白。先前，温馨的爱情迷惑了他，现在确实到这一步了。刚走出行政中心，郁延青就发了一条短信：阿东，我知道你在岛上。请来泰式酒店吧，谈谈我们的事情。

八、"月亮的女人"的真相

"月亮的女人"到底是谁？焦点应该回到这里。当初梁中稳意外获释，竟是被匿名女士所救，郁延青心里一直琢磨这事。很快，宋达吉告诉了他答案,这是非常残忍的答案。

先来讲述梁中稳获释的一点细节。那天晚上,"月亮的女人"到达了上海城,她果真带来了能帮助梁中稳获释的援助人。宋达吉接待了他们,然后把这两个来历不明的人说的帮助方案告诉了梁中稳的家属,梁中稳的家属接受对方提供的方案,梁中稳才得以获释。宋达吉接待两人时,"月亮的女人"一直戴着黑色口罩,她没有把口罩摘下来过,只自称是中国人的好朋友,在解救梁中稳一事上她信誓旦旦,说会提供足够保障。事情处理完后,援助人一再对宋达吉表明:"猎獾一事发生在塔什干,不是赌场。"宋达吉非常冷静,他反复咀嚼话意。其实,他已经在猜测匿名女人是谁,对方一直戴着口罩,不曾露出其面目,但从对方中等、曼妙的身材,还有她用来别头发的黑色发卡看,他知道他认识这位女郎。总之,极力想要掩饰自己的女人顺利地充当了重要的桥梁,宋达吉没有当面拆穿她来打草惊蛇,梁中稳最终顺利获释。

这事如果换作其他人处理,不会有续集,但宋达吉是何等聪明的人,那天送走"月亮的女人"后,他竟然很快探知到了对方为何隐藏身份,乃至他还顺便查清了她以前的情况。一个美丽女人陷入错综复杂的残酷博弈里,这是不可想象的。虽然从梁中稳被绑架获释一事上,他知道她是一名颇具慧根的女人,考虑到她关乎与他同在塔什干多年的郁延青,宋达吉觉得还是有必要提醒。梁中稳一事过去大约五天后,他给郁延青打了电话。

"郁延青,'月亮的女人'用本地话讲,这不就是你身旁人名字的本来语意吗?你不知道她是谁?"宋达吉假装大大咧咧地说。

对的,现在可以直说"月亮的女人"到底是谁了,就是阿依。

当天电话里,宋达吉明确告知,郁延青身边的阿依在梁总被救一事上扮演了关键角色。"你知道她的身份吗?她是国际博彩中心的一名荷官,你要注意她到底动用了什么关系,而且,为什么来到你们公司。"宋达吉本意是为了提醒郁延青,让他避免像梁总一样陷入活跃在高原的犯罪人员的圈套里。

当即,郁延青沉默了。郁延青没把对方的话放心上,他关注的是阿依的身世,他备受震撼,他没有料到身边竟然会发生这样的事情。

郁延青相当愠怒,接完宋达吉打来的电话后,当天,他把还没有退职的古丽叫来了办公室,向她问起阿依的事。古丽起先支支吾吾,郁延青再三逼问,古丽承认了,继而说出表妹阿依曾经的经历。阿依先前在布哈拉的一所技校上学,学的是旅游管理专业,当整个国家放开博彩业成立国际博彩中心后,阿依去那里实习,后来留在了赌场,她说阿依知道赌场的一切事情。郁延青继续追问梁中稳一案中所谓的援助人到底是谁,古丽如实说出了那人的真实身份,他是阿依以前的男友。现在,整个赌场恐怕只有他有能力充当中间人赎买猎獾,不过,阿依和他的关系已经是过去的事情了。阿依早已金盆洗手,与他分了手,她才来到大城市塔什干,准备开始新的生活,哪怕在餐厅当一名普通的服务员,她也愿意。这次中国人有难,要不是看郁延青整日发愁,到处联络华人营救"塔什干之夜"的老板,阿依绝不会出面,再返回赌场千方百计地寻找旧关系帮助他。

"知道了。"郁延青听到后,冷冷地回答道。

这深深刺激了郁延青的神经。那几天郁延青一直忙于收货,他好像心灵受了很大的创伤。收货快要接近尾声时,他干脆把运输托付给经理黄建东,他索性回塔什干了。回到塔什干的他好像大病了一场,他把自己锁在公司地下室整整两天。此时,阿依已经在公司办公室处理文案,虽然郁延青没有把情绪直接表露出来,他从来不把内心表露,但是作为心灵上的恋人,她还是感知到了。

那天稍晚的时候,她走进了地下室。地下室没有锁门,郁延青坐在那里发愣,好像在等她下来,亲自听她解释。

"阿郁,你很不开心吗?告诉我,你为什么不开心?"她走过去,给他泡了一杯热咖啡。

"你怎么不告诉我真实情况?"郁延青压抑着,他有点愤怒。

阿依没有立即回答,看着这个她觉得可以依靠一生的中国男人,她眉头紧蹙。

"你知道我的事了吗?"她还是问了。

"我没有那样蠢,为什么是这样子?"他开始恼怒,让对方能感觉到他的力量。

"那都是过去了。"她很平静地回答。

郁延青快要崩溃了,他陷入了特殊情感的旋涡里。他从内心里绝望,他知道他摆脱不出来,一个四十多岁的男人为了得到它,甚至可以马上伏倒在女人温柔的怀抱里。对方也确实在真诚、平和地看着他,她在恳求他原谅,然后他们好好生活,她对与一个中国人生活充满了期盼。

郁延青的脸上明显挂着一行清泪,他像事情没有发生过一样站起来,目光静穆地看了看近在咫尺的恋人,接着,他把手搁在她的左肩上,怜悯般停顿了下,轻轻地拍了拍,又拍了拍。他已经想清楚了,他打算离开地下室。

"对不起,阿郁。"恋人最终说出了道歉,"我考虑不周。"

"要不你先回布哈拉,去忙,给蔬菜播种子?公司的事,还是先由古丽做着。"郁延青最终做出决定,他快步走到地下室的阶梯那里,回过头来,看着仍站在地下室的美丽恋人,"春天了,我想去外面走走。"

"去布哈拉吧,那里很美,我们可以去那里生活。"这个女人的脸颊上出现眼泪,她擦了擦,然后勇敢地对郁延青说。

现在,郁延青想要牢牢抓住他刚刚拥有的一切,包括公司和爱情。这是一件对他影响深远的事情,他没有展露心扉,可随后一趟突然行动表明了一切。他们公司重新步入正轨时,他临时做出了一个重大决定:他要暂时抛却工作,离开塔什干,他要去真正的大自然走一走,去六百公里外的布哈拉乡下看看。

谁也不知道他是否想用旅行来修复受伤的心灵,他是和确立关系的恋人一起走的。他们之间建立了心灵上的关系,但表面看起来依旧像普通朋友,让彼此的行为符合高原的礼仪。他们一路上很少说话,从塔什干出发,乘车到撒马尔罕后,他们就徒步前行了。

他们到达高原最深处的乡村,郁延青打扮成当地人模样,途中,他没有被认出是中国人。他们行走了一天后,那个中午,到达一个不知名的村子,他们碰到了计划去里海的诵经人。这是一名职业本为向导的诵经人。他们向他租赁了两匹马,他们各自骑上一匹马继续前行。在诵经人的带领下,他们朝布哈拉的方向前行,三天的时间里,他们在崇山峻岭和乡村间艰难跋涉,不知疲惫。

这样的四月,他果真见到了真正的春天。荒郊野外,在高大的山毛榉衬托下,漫山遍野的花香纷纷袭来,其中有杏花香、野苹果花香、梨花香,潺潺小溪从山谷流下来,清澈极了。鲜花笼罩下,他们骑着马沉醉在美景中,春意似乎真能洗涤人的心灵,崎岖的山区小道似乎告诉他一切都是虚无,现在,能够亲近自然已是他的福分。

花像雨丝一样纷飞的树下,他听到了阿依亲自讲述的最完整的身世,阿依告诉了他所有。她父母给她起了一个很美的名字,穆罕默德·阿依苏罗,名字本义是像月亮一样美丽的女孩,可是她的命运并未因此变得美好。她父母早早地过世,后来也是在她那在塔什干的舅舅,也就是古丽的父亲的救济下,她才得以完成学业。

舅舅去世后,她除了有古丽这个表姐,已别无亲人,连一个能够保护家族的人都没有。即使在布哈拉,她也只有一块尚可栖息的果园,那是她父母留下的果园。去年年底,她在塔什干辞职后,如果不来欧亚莲生贸易有限公司,她就打算回到布哈拉了,她不想让园子荒废。她说她虽然年轻,可是心已经老了,她在世上别无牵挂,原本打算在果园安度余生看护果树,不再期待人生有任何改变。她说,他是一个勇敢、正直的中国人,直到他的出现,她的心开始融化,好像要重新生长。她想要重生,想要生长,今年起,她想种上葵花子的同时一定种上中国蔬菜。

听罢,郁延青沉默了,他内心感慨阿依独特的身世和经历。他知道她天生丽质、风情万种,心思绵密而又沉稳,却又像他一样拥有不屈的毅力,他为之感到骄傲和满足。另外,他想到的是塔什干,感慨商海中的刀光剑影和人生中的艰难险阻,在宽广和深邃的高原又该如何度过。他竟然有些迷茫和害怕,现在出门远行,回到原始的大自然,他试图让它给予自己指导和答案。

整整四天,他们在山区行走。当前面出现一处青绿色的河谷,向导说,布哈拉就在前方,只要跨过河谷再走十公里就到了。阿依也高兴地表示她认得河谷,她小时候有一年秋天来过,当时来河谷是为了采集野生开心果。

郁延青却临时改变了决定。

"你在布哈拉等我,我一定来找你,月亮。"他说。

这是坚决的郁延青说过的最为柔情的话。

阿依跟着诵经人继续前行,他一个人返回塔什干,这趟旅行俨然给予了郁延青答案:现在,他仍须回到塔什干去,等公司走上正轨,再来布哈拉不迟。现在,他得一鼓作气重振公司昔日雄风,只有这样,若干年后,他才能有资格和恋人隐居,这才是理想的生活状态。

九、报复的人、攫取的人与失败者

郁延青在泰式酒店的 1415 房间住下了,最后一天,他仍然做了一个梦。睡梦里,他被两个人左右架着从房间里带出来,走入迷雾中。这一幕在梦中终于发生,他知道这是噩梦,最坏的现实,真真切切地演绎了一遍。

等到醒来,他仍然躺在客房的床上,可是现实已然改变,他似乎已经失去以往的内敛、隐忍和灵活,最终,这趟旅途让他心灰意冷。

上午十点多,房间的门铃响了三下。

他猜想着站在门外的人是谁。他的心怦怦地剧烈跳动,随后,他大声回应道:"等一下!"他穿好衣裤,迅速去开门。

进来的是一个陌生男子,来者径直走进房间。

"我知道你。"还没等郁延青开口说话,对方不动声色地说,"昨天下午你给我打过电话,你不是要和我见面吗?"

"噢。"郁延青这才醒悟般地回应道,"你好。"

他摆手示意对方在客房里的沙发上坐,他打量着对方。对方中等个儿,肤色稍显黝黑,目光冷静,鼻梁坚挺,让来者拥有了不凡的定力。

他迅速想起阿依过去的经历,但是没有狠心想下去,他迅速切换画面,脑海中闪现出公司经理黄建东。看来,来者一定和黄建东有关,他只向黄建东透露了他在泰式酒店。

"你不是要找黄总吗? 我为他的事来的。"对方果然自报家门。

"黄建东? 他不能亲自来吗?"郁延青说罢,又不由自主地想起有关阿依的事,"你以前也是赌场的雇员? 对了,阿依什么时候离开你的?"

"她很美,很有主见,可是,那些都是过去的事情。"对方陷入短暂的回忆。

"好了,她是一个善良的女孩。"郁延青很生气地提醒对方,他表情严肃,示意对方犯了人生中重大的错误。刚才,他想听到对方的全部回忆,又觉得对方的话难以入耳。

"我知道她和你的关系,我还知道你姓郁,一个特别的中国南方姓氏。我们没有见过面,可是心里见过很多次了。不错,因为她,我辞掉了赌场销售的工作。她离开我,我要报复,我试图去接近你。可当你的贵人有难时,因为她的请求,我还偷偷帮助了她,我竟然瞒着我的雇主。现在,这样幼稚的事情过去了,不过我仍要强调的是,你的事情我并不参与,也不想参与。"说完,对方和他对视起来。

郁延青陷入沉思,他反复揣摩着对方的话,简直不敢相信。

不容他多想,对方马上不留情面地说:"好了,郁总,我们见面了,我们谈过一件共同的事情了,可那都是过去的事情。你找我,莫非也只为过去的事情?"

"你刚才不是说是黄总派你来的吗?他有什么事情?"郁延青放下思虑,这时,他也不想跟这个男子再谈阿依的事情,他更不会说阿依在布哈拉等他。郁延青想询问来者,他和黄建东到底是什么关系。

"我就是为这件事来的,有关贵公司工作的事情。"对方说得直截了当。

郁延青没有接话,他冷笑着,和他谈他们莲生公司的工作?简直是笑话!

"郁总,你就不能和我先谈谈吗?说说你心里的打算。放心,我不是犯罪分子,我现在是要帮助你们中国人,打工得到的报酬可以帮助我获得以后的重生。之前梁总的事是我出面解决的,除了我,谁还能做到这点?所以,我们之间没有误会,我们可能会争吵,但我们事实上都是萍水相逢的陌生人。"对方语气柔和了一点。

"是吧？"郁延青出现稍许的失控，想要嘲讽。

"你可以去询问阿依，没有人想做犯罪的事，除非他想要你的全部，而你并不了解对方。"对方认为这样说还不够，他说得更多了点，"再次强调下，我只是黄总的雇员，办完事，我的任务完成。这是一连串的事件，从塔什干到这里，加起来才算是完整的事情。办完后，我和塔什干没有任何关系，以后谁也找不到我。这样说，不知道你能不能明白，我只能说这么多。好吧，郁总，我明确告诉你，我现在是中立的，我过来见面纯粹为了传话。"

"传话？"

"是的，你们中国人之间的事。我知道你昨天为什么打电话给我，可是我已经有了雇主，所以，抱歉。"

郁延青和原本打算见面的男子完成会面后，他内心愠怒，他压抑着，不过情绪越来越难以控制，他简直要疯了，宛如掉进深渊，这是想要避免却一步步走到的结局，当他还在塔什干时，这样的结局就注定了。

从 1415 房间出来，在男子的指引下，郁延青乘坐电梯来到了泰式酒店的顶楼。顶楼是旋转餐厅，整座旋转餐厅就像要展开翅膀翱翔的赤鹰，从这里可以鸟瞰整个咸海，甚至能够望见高原最为深邃的山峦。在餐厅的中心座位区，郁延青果然见到了黄建东。见郁延青到来，黄建东从座位上站起来，和他握手，然后示意他在对面坐。郁延青不动声色地坐在对面，等他扭头去看，刚才和他谈话的人不见了。

"你一直在和他合作?我和梁总的事,你计划了很久?"郁延青直接质问。

"算是吧。"黄建东给了明确的回答,"其实也就一个半月。他主动来找的我,我没有想到他以前和阿依还有关系。对了,她人呢?"

"不要再谈这些了。"郁延青很是难过,对方有意重创他的伤口,他一时又陷入了痛苦的回忆,想起1415房间里的谈话,他搞不清自己到底怎么了。

片刻后,他稍稍恢复了冷静,准备谈公司的事情。他问:"公司你有什么打算?这些事本来都应该在塔什干谈,为何要到这里?"

"我不喜欢塔什干,人生如赌场,赌场见生死,就当赌一回。"

"是吗?这是你设计的全部圈套?这是背叛,你以前不是这样的。"

"高原不是想仁慈就能仁慈的地方,青哥,你该认输了。"

郁延青保持沉默,他望了望黄建东,回想起在"塔什干之夜"的当初,回想起数年来的经历,现在,风波把他的绝境暴露无遗,他有点不相信过去了。

"说吧,青哥,你以后有什么打算?"

"以后?做一名种植工就行。"郁延青脱口而出,他又觉得对方不了解他,又多说了两句,"你去没去过布哈拉?你肯定没有去过那里,否则,否则……"

他没有说出的话是"否则不会做出这样的事"。迎着阳光的他在等待回应,他在想对方究竟会怎样心虚地回答。

"我以为你会和荷官生活呢,那样会好?不会的,整个国家都知道她,知道结果。"黄建东讥讽地笑道,他终于刻薄起来,说罢,又觉得好像不应该这样。虽然他们之间在进行战争,但并不应该让它看起来像没有意义的肉搏战,他又开始自言自语:"昨天镇上发生了事,否则,我们会在那里谈,没必要弄到离地百来米的天上,没有什么能比现在更糟了。"

郁延青也笑了,他目光犀利起来。

"来前,你至少应该占一次卜。"黄建东温柔地提醒他一下。

郁延青没有说话。他不会示弱,他略微低头,旁边的茶几上摆着一个厚重的文件袋和一支笔。黄建东发现他注意到了这些东西,伸手拿起文件袋,翻了翻里面,从里面抽出纸张,那是一式三份的文件,文件抬头写着:欧亚莲生贸易有限公司所有权转让协议书。桌上有了文件,郁延青明白黄建东现在想要做的事情,以前他都能熬过来,可到这一步他可能再也挺不过去了。

"其实算起来,仍然是塔什干的事。"黄建东少见地心软了下。

"这里简直是另外一个塔什干,我的福分可能还没有到。"郁延青哽咽起来,嗓子终于嘶哑。

"郁总,今后我们谁也不要谈论为什么到这一步,梁总的事你是知道的,到此为止。你能保证?"

郁延青没有回答,他翻了翻文件,看了看对面坐着的黄建东,又看了看餐厅周围,他终于拿起了笔。他没有任何言语地拿过公司转让协议书,在签名处签下名字,摁下手印,然后,坐在座位上的他闭上了眼睛。

黄建东把签完字的三份文件重新收进文件袋里,郁延青只听见对方低沉地说:"还有事,我先走了。郁总,你可以去房间休息,1415房间我预订了三天。"

旋转餐厅里再没有声音,等郁延青重新睁开眼,他赫然听见咸海的潮水声,像枪声一样的水声缓慢而残忍地袭来,波涛汹涌。

十、关于重生的番外篇

郁延青回到塔什干后,他要做的就是清算公司资产,和黄建东办完公司股权转移认证的所有手续,这等于让他失去了在塔什干的一切。谁也不知道他余生的选择,随后,他走了一条勇敢的道路,这与时下的生活方式和传统都不相同。话说郁延青选择那样道路的前一个晚上,他在刚刚退租的公寓楼里待了一宿。那晚上,空空如也的楼道终于亮了。他摁亮了公寓的灯,然后站在狭窄的阳台上,观看塔什干美丽的夜景。

月色如洗,月光如练,环岛中央的旗帜迎风飘展,底下的栎树、梧桐树葱翠浓郁,在栩栩如生的夜晚,他变成了一个真正追随月亮的人。

第二天早上,医院的救护车来了,从车上下来的人把他装进一个黑色的大袋子,然后车匆匆开走了。

就如我所知道的,郁延青选择了最为勇敢的一种"自行消失"。他没有和布哈拉的恋人一起生活,他失约了,在小镇木伊那克的事让他成了怯弱的人。

郁延青自杀是塔什干华人圈里的大事,直到两年后,我们到达塔什干,还听人谈起,其中上海城的宋老板是逢人必谈。在我们印象里,这位叫宋达吉的上海浦东老板是一位热心人士,他和我们玩牌,中途特别喜欢提醒后到的中国人来到高原的注意事项。也许他朋友的自我选择太过残酷,宋老板大受刺激,牌桌上,他摸着牌跟我们讲述郁延青的故事,还说了郁延青的合作伙伴黄建东的结局。

那年,黄建东在华人圈里制造了匪夷所思的系列案件,他获得了欧亚莲生贸易有限公司的所有权,郁延青不堪受辱自杀。在郁延青去世大约两年后的秋天,黄建东押货上欧洲,波涛万顷的里海,晴空万里,待船行驶到里海中央,天气大变,突遭奇怪的风暴,立即船倾人倒,连呼叫都来不及,他当即葬身里海底。

"不说报应谁信呀!实话跟你们讲,自从阿郁走后,我只打麻将不玩扑克。生意人做那些事真不行啊。"宋老板说起来心里不是滋味。

给大伙儿倒茶的小乔则不停地用长沙话诅咒:"那个衰仔,我一看他就倒兴,分明要搞死人,让别人不能好过嘛。他为了要公司设了那么大的局,这不是搞死所有人的节奏嘛。"

除了骂一通黄建东,她也咒骂那名叫"月亮的女人"的人。

"那个荷官,发衰的人,她倒好,现在消失了,可怜了我们郁老板……睡谁不是睡,为啥偏偏看中她!那女助理也是闹心,唉!"

说罢,这风韵犹存的长沙女人情绪低落。

倒是有人起哄道:"总结一句话,不就是睡人的故事嘛。"

玩笑归玩笑,那几年,传说搞垮著名的欧亚莲生贸易有限公司的女人确实不见了。当年,公司原来的女助理古丽去过布哈拉的果园,园子里除了原有的果树,还有很多长势甚好的蔬菜,绿油油一片,就是没有找到她。

那年因时局突变,几乎所有中国人在塔什干的公司都停业了,直到两年后我们到来,塔什干又一家华人贸易公司才得以营业。我们期待与当地华人建立牢固的合作关系,我们到塔什干后广纳建议,参考宋老板的意见后,为了避险,我们公司取名为欧亚强盛贸易公司。高原具有独一无二的果类资源,我们发展得还不错,绝没有碰到郁延青遇到的坏运气。其间,我听到了郁延青的故事,故事就像水里的幻影,最后在我这里拼接起来。

我没有意料到的是,我们到塔什干差不多两年后发生了一件事:一个将近黄昏的下午,一个女人走进了我们的办公室。

这是我亲眼所见。那年六月,我们公司开启了一年一度的干果收购进程,那阵儿,正好由我负责布哈拉周边地区的收购。我到布哈拉后,选择在当地最大巴扎的办公区设立临时收购办公室。办公室在二楼,底下是伊斯兰风格的庭院,庭院里到处是青绿的葡萄藤蔓,不断有当地果农出入,甚至连小孩都来好奇地打探我们。他们都是当地人,只有我和我的两个助手是中国人。我初次来到布哈拉,我对他们感到如此陌生,如同楼下的布哈拉人对我们同样感到陌生一样。

在楼下遥远而热闹的集市,众多果农坐在临时搭建的凉棚底下出售瓜果。这个有几千人的集市,所有人都习惯于用私语和面部表情传递信息,集市看起来沉默无声。这样的夏天,也没有国内常能听见的蝉声。

那天,一名一袭黑纱的妇女突然来到庭院,踏进了我的临时办公室。她站在我面前时,我初以为她是送货上门的当地妇女,但又不像,她右臂上挽着一只五彩编织的篮子,看起来像是来集市买菜的妇女。刚看到她时,我和助手都以为她找错了人。

妇女盯着我看了良久,就在我持续不解时,她摘下了遮住面部的黑纱。她摘下黑纱后,我首先注意到她一脸哀容,其次是五官精致,她干净的颈项看起来就像白皙的象牙,抛弃悲伤,这是一位漂亮且有风韵的女士。

"我知道你们。"这位动人的女士开口说话了,她竟然会说中文。

见我不解,她又补充道:"我要找你们,我观望很久了,对不起。"

可是我不知她是谁,不知道她为什么要来找我,连她是怎么找到我们的,我都不知道。

办公室的工作人员出于礼貌,给她倒了一杯水。她坐在办公室的长椅上,左手撑着脸颊,神色依旧哀伤。她愣在那儿,起先嘴角动了下,好像要说什么。她似乎在等我回应,可是我并没有言语,反而一直在等她说找我们有什么事情,可是,她到底没有大声说出来。后来,她可能要讲她来的目的了,但又偏过头去,望着楼下的庭院,那里有几个玩耍的当地小孩。

我注意到了她的情绪,我望着她。

她已经站起来了,眼睑上有层淡淡的泪。

"我有东西要给你们,明天上午我会来。"她小声说。

第二天上午,果然如她所说,她来了,还带来了东西。

她来到办公室后,先是旁视了下左右。她出现时,窗前已经有当地小孩趴那儿打量着,看起来就像在等待这天到底会发生什么。就在这样的情景下,妇女从昨天出现过的挎篮里掏出黑纱包裹的东西,是一个大信封,她当着我的面缓缓揭开了袋子。

一封信。

信纸上没有文字。

三张照片。

一个飒爽的中国男人的单身照。

一只精致的纸飞机。

由粉红彩纸折叠,大小适中。

三颗葵花子。

"他叫郁延青,他说要来找我,没有来。"她指着照片和纸飞机,流起泪来。

"麻烦您一定转交给他妈妈,可以吗?葵花子是送给您的,我祝福您。"最后,她说。到这儿,她没有再说话,她已经说得很忧伤了,令人揪心。

按照当地说法,葵花子代表希望和重生。她要转交的东西到了我手上,原来她就是中国商人郁延青曾经的恋人。她可能观察了我们许久,那段时间,她是真的再也找不到中国人了才找到我们的。自从那件事发生后,几乎所有中国商人都撤离了,后来也很少有中国人来到布哈拉,我们是郁延青之后第一批来到布哈拉的中国商人。

我收下了她的信封,承诺一定想办法转交。妇女轻声说了"感谢",之后,她重新蒙上了面纱,出门去了。

我的同事们忙于初夏的生意，他们没有注意，倒是我瞬间意识到这隐秘的故事是有关中国人的不一样的脚本。现在，它像拼图一样，所有的往事均浮出水面。拿着信封的我已然敏锐地捕捉到这些，其时，走下楼去的女人出了庭院，走到土黄色的街道上，只能看见背影。我站起身，只是那刻我仍然稍显迟钝，当我颇为醒悟地想要叫住她时，那个叫阿依的女人、本篇故事的女主角已经越过街道前面的缓坡，消失了。

这就是失踪了的阿依。后来，我再也没有见过她，也没有打听到她的住处。

大约一个星期后，我因事去了一趟布哈拉乡下。那天，我来到布哈拉的果园，特意感受了下布哈拉乡下的金色下午。煦日和风的下午，在一位果农朋友家的园子里，我躺在一款当地伊斯兰风格的木躺椅上，享受着明媚的阳光。金黄的阳光从周边树叶间倾泻下来，在翠绿果叶的陪衬下，初夏的果园已硕果累累，远方则是青绿的河谷和动人的山峦，到处一派静谧景象。原来布哈拉真的存在迷人的果园，金色的下午，想起发生在高原的生死沉浮的往事，我似乎能感受到里面所有的悲伤和幸福。

海边的中国客人

一

如果说有意外的话，那就是在莫哈琳大街上，沉河会遇到熟悉的中国客人。

客人就是他的前导师程华。十多年前还在 S 城时，沉河就认识程华了，那时他还是一名学生，程华是他们学院的座上宾。沉河的原单位 S 大学在教育界影响不是很大，但也不小，至少在文物领域响当当。程华呢，看似普通的古董商人，名气却出了圈。程华有段时间是他们学院的客座研究员，在 S 城的运河旁边，他开了家私人博物馆。沉河还是学生的那些年，为了学习古物鉴定，他去过程华的私人博物馆，一进博物馆的玄关就能看到一面高大的装饰墙，装扮古怪的霓虹灯光涂抹其上，墙上镶嵌着从海底打捞上来的外销瓷片，前前后后摆放，拼成了扬帆远航的古船——形如当代艺术的装扮，动感十足。从那以后,他们就有了联系,沉河去是为学习,后来他毕业留校,程华联系他的次数更多,因此,他俩可算师生关系。除去表面的关系外,他和程华之间似乎还有一种更贴切的亲近感——他们的名字初听起来有点像,"沉河"和"程华"就像一对兄弟,这让程华感觉和他有缘,当年主动约见沉河的次数很多,直到沉河神奇地消失在海边的S城。

时隔多年的夏末下午,他竟然在相距S城万里的比什凯克碰见了程华,就在莫哈琳大街的展馆举办的国际艺术品博览会上。沉河慕名来到展馆,他没有受邀却偏偏来了,一想到或许会有S城的商人来,他心里仍有好奇心作祟。多年来,他首次有了要和过去发生交集的想法,有这样突兀的想法,也许是思乡所致。来前他并不抱太大的希望,在任何展览会,他都能想到这样一种场景:麦哲伦的船员登陆新大陆,展示着镜子、铁钉、毯子。可是满檐廊的迷幻图案就是他的生活日常,他原打算看看就回去。

展馆热闹,人影幢幢。在一个独立的展厅,一众垂挂的地毯前,高大魁梧的程华在热情地向客人介绍。就在商客的后面,他发现了沉河。

"小河?是你吗,你真的在这里!"程华惊呼,他拍起手掌走过来,瞬间,一贯大将做派的他欢喜得像个孩子,对于意外见到沉河,他显然不太相信。

"啊,程老师!"沉河同样惊呼,他都不敢相信命运的安排了。

人群熙攘,他们暂且寒暄到这儿,程华给商客继续讲解展品。

沉河在原地站了十分钟,他正在犹豫是留还是走时,程华过来了。"小河,我们去旁边咖啡店里坐坐。"程华说。

展馆左翼是小咖啡店,供贵宾们休息和洽谈生意,不少来自欧洲和土耳其的商客正在小声交谈。他们便在小咖啡馆里坐下来了。数年后见到程华,沉河显然有点局促,坐下来时,突然,他想到苏格拉底、柏拉图和亚里士多德,想到三人的命运以及自己与程华的师徒关系,他在心里打趣:导师是苏格拉底,因为他固执、泥古不化,否则不会被君王处死。他内心剧烈变化,给自己打气,做出解释:我应该像亚里士多德,他是全能的,在原本残酷的禁地,他的聪慧帮助了他生存。

程华首先打开了话匣子:"我向大使馆的人打听过你,有人说你在比什凯克,有人说没有,反正你做起了隐士,也不和我打交道。"

程华说到这儿,没有质问沉河的意思;沉河呢,也没有多想。呵呵,隐士?好吧,他承认他是现代高原隐士。

"对了,您不是一直研究瓷器吗?"沉河回想起来。

"三年前,转行了,有种命运、使命催促我。而且,地毯更有市场,尤其是古地毯,国际通货,巴黎、伊斯坦布尔都上大拍。你问我怎么来的啊,我唱一段给你听:'伏龙芝,啊,遥远的伏龙芝,时隔三十年后,我见到了你,我来了。你还在不在啊,伏龙芝,亲爱的伏龙芝……'"

那段激情燃烧的岁月里,比什凯克的名字叫伏龙芝城,程华哼起当红歌手录制的《遥远的伏龙芝》,他双手舞动,就像现场弹奏弹布尔,滑稽、兴奋。看来程华性子仍然没变,哈,骨子里是乐天派。不过沉河陷入了沉思,他在比什凯克见过太多来寻找二十世纪的人,据他所知,上五十岁的人都对过去的岁月难忘,莫非程华同样有了这种情怀,这是他来比什凯克的初衷？不过,警醒的沉河仍然不能确定,程华不是一般人,时隔多年,程华还能一眼认出他,足以证明程华具备不凡的眼力。

"我印象里,程老师有才,做什么都行。还记得您有次给我们上课,拿过一件汉绿釉蟾蜍形器来展示给大家看,说巴黎的奥赛美术馆有同款。"沉河再次回想起他在 S 城的时候。

"瓷蛤蟆后来惠让给一位香港的藏家了,他是我好多年的朋友。后来,我的博物馆关门,出了很多瓷器给他。哈哈,往事不堪回首。对了,待会儿我们于参赞要来,你不和他见一面打声招呼？"

"不了。"沉河有点难堪地转移话题,"我现在挺害怕和熟人见面的。"

其实,沉河正在纠结和犹豫,要不要告诉程华他近年来的身份。他在比什凯克开了一家侦探公司,私人侦探近年来热门,这成了他的谋生手段,他建立了庞大的关系网。不只如此,他来到比什凯克后还娶了妻,妻子是楚河畔哈萨克族人。现在的他脱离了教育系统,像一匹不容易被驯服的脱缰野马,他还像牧马人一样蓄起了胡子——这都是短短十年内发生的事情。现在的沉河与年轻时的沉河截然不同,换句话说,学生、教师沉河业已死去,密探沉河像驰骋于草原的野马,像高原细细长流的河,慢慢舒展开来,沁入骨髓。

"我来比什凯克一年多没有见到过你,你是今天突然出现的啊。"程华揣摩着说。

"其实也不是,不过,我确实越来越怕见到熟人,哈,有了社交恐

145

惧症。"

"这就不对劲了，你应该相信亚历山大大帝说的：'男人的伟大就在于不断地扩充疆土，不断地增加权力，尽情地享受美味佳肴和少女美色。'"程华说到这儿，停了下，右手中指轻轻敲击了下白色椅臂。他思考一会儿后又说："你有空儿吗？等到展览完，你来我家里一趟，我也有点事，到时想跟你说。"

说到这儿，程华电话响了，他看了下手机，撇开话题："等等，是程程，我的助理，她是我义女。家里吸尘器坏了要维修，今早我出门时她就说了。"

沉河又等了程华好一会儿，最后，程华用手机加了他的联系号码。随即，沉河告别了程华，他要赶去公司，原定下午去公司开展业务。

与程华多年后的见面是在八月底的夏末，对于意外碰到程华，沉河情绪上显然被触动了。莫哈琳大街上有迷雾，等到他离开展馆，像是从迷雾扑面的大海里出来。他开着车，努力回忆着过往，等到直视路边那些尚存的高大的苏联建筑，它们看起来坚硬甚至高大得变形，他好像才终于爬上了陆地。现在和导师程华在一起，他笨拙得像第一次体验人生。

二

沉河是三天后在安克雷奇大街再次见到程华的。前面几天，沉河一直在反复思考与程华在国际展览馆的意外邂逅。该怎样与程华相处呢？他难以把握。与他久别重逢表现欣喜的程华也没有马上联系他，直到两天后的傍晚，一名声音温柔的女士打来电话，电话中，她自称是程华的私人助理，声称程华有要事请他去家里一趟，询问他是否方便。犹豫片刻，沉河答应了邀约。

那天早上，沉河去对方提供的安克雷奇大街的地址，穿越幽深的寓所群，在一栋爬满苍绿色藤蔓的白灰色楼下，看见一名年龄约莫四十岁的女性站在台阶上，想必她就是程华的私人助理。

程华的助理很有礼貌地把他请进了三楼的公寓。程华的寓所初看再寻常不过，走进内室却不一般，装饰精致，是一套罕见的豪华复式公寓。进了玄关后，程华的私人助理先带他参观了一番专门的地毯陈列室。

沉河参观了二十多分钟，见识了比展馆更多、出产地更广阔、时间更久远的地毯，它们来自波斯王朝、准噶尔王朝、奥斯曼帝国、阿富汗王国、布哈拉汗国、哈萨克汗国、浩罕汗国，当然也有苏联时期的手工和机织地毯。当站在一幅来自十三世纪的金光闪闪的波斯金丝地毯面前时，沉河想起在S城见到的程华了。

程华在客厅等他。等沉河从地毯陈列室出来，他看到的程华，此时更像一位寻常老头儿，脱离了平常的奢华与贵气，戴着一副老花眼镜，在翻看一本相册。直到沉河坐在客厅的沙发上时，他才摘下老花眼镜，和沉河聊天。

"先来喝茶吧。"程华说，他瞥了下私人助理的背影，助理正准备给沉河泡一壶来自国内的绿茶，程华介绍："她就是程程，去年，我收她做义女了。我们谈话，程程在，你不介意吧？"

沉河没有说话，程华又自问自答地说："程程是南京江宁人，她的专业是酒店管理。程程本来在比什凯克的高档餐厅工作，那是一家土耳其餐厅，餐厅叫'欧亚新希望'，以前，她也是流浪四海。我来做地毯进出口业务时，没有人感兴趣，只有程程，她敢闯，并不害怕别人说什么。请你来家里，也是因为我们以前算是老师和学生。"

"哦。您约我来的目的是？"沉河终于开腔。

"小河，你不简单啊，我有很好的直觉。"程华深思起来，回忆道，"不比在S城了，那时你还小呢。"

沉河笑了，他摸出了公司名片，他终于想要向程华表明他的身份了。在这里，他只是开侦探公司的私人侦探沉河。把名片递给程华时，他捋了捋脸上绵密的络腮胡子，并没有说话。数年来，他心如镔铁，坚硬的东西渐渐体现在这个汉人身上，使他和残酷的手法、技术融为一体。

"其实，那天我也没讲真话，我知道你在做这一行，只是没想到会碰到你。"程华终于说出了目的，"我是另有打算。"

"什么打算？"沉河倒好奇起来。

程华又开始翻阅那本相册。沉河扭过头去看，相册里有很多黑白照片，泛黄的黑白照片尺幅各异，躺在相册的塑料薄膜底下，就像镀了一层铜，把过去和现在分割开来。沉河的人生也是如此，他早已习惯，他难以对此产生共鸣。

沉河瞟了下相册就不看了，把目光投向客厅的展示架，那里摆放着一尊维纳斯女神雕像。

程华指了指相册里的一张照片，上面是一个年轻女人抱着孩子坐在椅子上,女子身穿白底碎花长裙,一脸笑容,绾着漂亮的发髻。照片上的女婴大约才周岁,看起来也是东亚人,完全不像高原婴儿的面孔。程华继续说:"她叫叶莲娜,我孩子的妈妈,她是一名朝鲜族人。"

沉河简直不敢相信,程华曾经还有一段异国姻缘。

"一九八八年,我从黑龙江出走,去了海参崴,最初是在阿奎奥尼斯酒店的舞厅认识她的。我做皮草的进出口生意,生意很不错,叶莲娜帮助了我很多。两年的时间,我们一起住在5号街。来来往往的商人里,我算是做得最成功的,所以我后来才能买很多古董。"

"后来呢,你们?"沉河确实好奇起来。

"我们?分了,叶莲娜生下海涅,也就是我姑娘。后来叶莲娜给我寄过照片,还跟我说回到了高原,可是我分不开身,你知道我在国内的情况。她应该叫海涅,你看,就是这女孩。"程华指着一张黑白照片给沉河看。

"很小,看起来有点像日本人。"沉河轻声说。

"你看,海涅小时候多美,一九九二年给她起的名字。她妈妈叶莲娜是舞蹈演员。你知道演员吧,老实说,当时我就是看了《倩女幽魂》,女主角最先准备让一位日本女人演的。"

"中森明菜?"

"对,是她,我早年迷过一阵。确实是一位美丽的女人,在日本,我见过。她的人生其实不美满。"

"我看过她的视频。"

"现在,你翻看一下?"程华像询问一名后辈一样发出连串的问题,"对了,你自己呢?你结婚了吗?爱人是谁?你怎么不做历史考据?"

沉河沉默着,没有回答,注视了下程华,把照片放了下来。

沉河既不愿说起过去,也不愿说起现在。在高原,他仍然只愿做一名隐居的人,他不想让过去的熟人参与他的生活,乃至不想让程华过多了解他的现状,他保持了寒带地区的人惯有的缄默。

"就说我吧,我年轻时都在追逐女人,美丽的女人、漂亮的女人、阳光的女人、平淡的女人。其中还有另外一种女人,据说就像最迷人的猫,黑暗里,她们的眼睛和猫的眼睛一样,她们是忧郁的悲伤的女人。"倒是程华自己说开了。

说到这儿,他的私人助理来了。刚才她去泡茶,可能是在回避他们的谈话。

"好了,不跟你多扯了,还是回到正题,你应该体谅我,体谅生意人的苦衷。当年我去俄罗斯海边是为了赚人生的第一桶金。我把弄到的皮草运到黑龙江,一九九一年的年底,所有店都不开业了,等到住进海边5号街的小旅馆里,那个苦啊,可是谁在乎苦难经历呢?在海边当老倒子,我一共搞了四年,后来回国,被迫丢弃了许多,其中就有叶莲娜和我女儿。"程华说到这儿,停顿了一下。

"那么,我能做什么呢?"沉河自然想到来的目的。

"找到她们,让她们来见我。"

"让她们来见您?"沉河有点疑惑,以为程华在开玩笑。

"不要忘了,那是我难忘的经历。"

沉河一时语塞。

"帮我。"说到这儿,程华的目光闪烁了一下,"我知道她们在这里,叶莲娜当年到远东本来是旅游,去缅怀父辈,她父母其实都住在这里,后来,她也回来了。这些年,我隐约感觉到她们,她们一直在这里。我的故事神不神奇?"

程华说着,从相册里抽出一张黑白照片放在茶几上,推给沉河:"照片先给你,对于你找她们有帮助。"

那是一张六寸大小的直边照片,就是程华所说的叶莲娜以及女儿的合影。沉河没有言语,程华以为沉河要向他表明态度,沉河却抬头看向程华的助理程程。

程华的助理程程在认真地听着他们说话,现在她不再避嫌,见沉河看向自己,她打破了寂静,礼貌而不失优雅地说:"小河先生,在我们这里吃午餐吧?我给您做手抓饭,这里还留有马血肠呢。"

三

那天,沉河在程华的寓所里吃了饭,最后他没有拒绝程华的请求,临走前,带走了程华从相册中抽出来的黑白照片。回家路上,那张母女俩坐在照相馆幕布前留下的直边合影让他搁置在前挡风玻璃下面,沉河的脑子里再次勾勒出母女俩的模样。透过将近三十年前的照片可以看出,那是一对美丽的母女。叶莲娜是朝鲜族人,现在的她们也不会是蓝眼睛、高颧骨、黑头发,依据程华笃信的态度判断,她们现在确实在比什凯克。沉河望了望变幻的照片,陷入沉思。

程华正式成为沉河业务上的客人。为了避免程序上出现问题,程华委派助理程程办理，他没有亲自前来沉河的公司。程程和沉河签了一份协议，其中有委托合同，附带业务保密协议和公司免责协议。当天，程华就给沉河的公司账号付了合作款项，而且，还吩咐日常事务都由程程代理。

相比在莫哈琳大街的展馆重新见到前导师程华时的激动，沉河完全冷静下来了。现在的任务是为程华寻找前女友叶莲娜以及他们的女儿，沉河先做了一些准备工作。

在布置眼线寻找照片上的母女时，沉河为了表示程华是他真正的学业导师，他约见过程华，那天上午，他亲自带着程华在城里转了一大圈。比什凯克的街道上遍植亚寒带高大的乔木，对于秋叶纷飞的街道，程华已然熟悉。一个小时后，他们出了城，去了纳伦河，沉河的汽车沿着碧绿的纳伦河朝南方开去，直到托克托古尔水库电站大坝那里才停下。

这里距离北方的比什凯克将近两百公里，水库大坝下面是一湾碧绿的清水。九月以来，大坝那里多了很多垂钓人，他们在那里钓鳟鱼，九月是秋天开始钓鳟鱼的时节。沉河带着程华默默地看着垂钓人钓鱼。沉河记得他真正融入高原，是七年前妻子的哥哥开车带他来的那次，是来钓鳟鱼的，除了鳟鱼，里面还有少量的鲟鱼，吉尔吉斯人把托克托古尔水库称为"高原的海"。

沉默地参观完水电站后，他俩回城各自回家。回城路上，沉河没有和程华说任何私事，他的家在比什凯克北郊，那里靠近楚河草原，再过去是广袤的哈萨克草原，他没有告诉程华。

这趟短暂旅途后的一个星期时间，沉河就准确地打听到程华要找的前女友了。其实,他们从托克托古尔水电站回来的路上,公司的密探、他的合作伙伴已经给他打过电话,告知了大致情况。虽然时间过去久远,差不多三十年过去,事件发生地又距离高原万余里,但毕竟曾经都属于一个地球上最庞大的国家,这往往会提供庞大的卷宗,作为痕迹来牵引查询它的人。如今在高原,在自由行走的人们中间,金钱能穿越时空造就的障碍。现在,公司人员从警察局的线人那里仔细核对过历史资料,确认了这些朝鲜族人,探知他们居住在曾经的伏龙芝城(现在的比什凯克)十月区的工人城——程华前女友叶莲娜果然在比什凯克。沉河还查询到她一直单身,连带她的工商信息都查核了,这都是短短十来天内完成的,可见沉河在S城练就的功力都发挥在这上面了。

沉河并没有马上告知程华他的调查进展情况,他打算确认后再亲自告诉他。有这层考虑,还是出于他的工作原则,并且,他心里竟然出现丝丝担忧。他早已知道程华和他一样来到了比什凯克,只是对于在艺术展馆邂逅程华感到意外而已。时隔多年,在见到程华前,他就对程华的事有所耳闻——华人圈里兴起过程华的绯闻,如今似乎得到了验证,这也是他前些天亲自前去程华寓所,并于近期通过安排一次短途旅行来了解程华的原因。

按照先前得到的信息,程华的前女友叶莲娜除了在十月区生活,还在玛纳斯大街开了一家韩国风味的酒肆。玛纳斯大街距离安克雷奇大街不足两公里的距离(这让沉河一直怀疑程华找他完成业务的真实目的),这是一条颇具欧洲风情的知名街道,那家酒肆是临街小店中的一家,看起来小巧玲珑,面积不大,招牌用俄文写的,装修得确实有韩式料理店的模样，公司员工把酒肆的照片发给了沉河。

九月初的那天下午，穿着风衣的沉河亲自去验证公司阶段性成果。他站在玛纳斯大街中段的人行道上，透过橱窗打量着那家韩式料理风格的酒肆。身旁是高耸的黑云杉，有遍地黑绿的松针、黄红的枫叶衬托，周边行走的人不少，市民们在室外走动，他们尽情地欣赏秋日美景。沉河的旁边站着一位拾荒的老人，老人望着酒肆旁边蛋糕店橱窗里的蛋糕发呆。有如此多的遮挡，没有人能够发现沉河来的目的。

沉河打量了良久，随后走进这家韩式酒肆里。酒肆内只有一个五十来岁的女人，亚洲面孔、面容清秀、白皙，身材单薄，像风中飘动的柳叶，她还与朝鲜族女人一样保留着发髻，脑后别着一根银色簪子，簪子显眼极了。她站在吧台后面，低头仔细地盘查账目。

酒肆很小，显得空荡荡的，可以想见不会有多少生意。见有客人推门进店，店里的女人微笑了下，以示迎客。

沉河进来时也笑了，他右手插在风衣兜里，捏了捏程华给的那张六寸黑白照片。他的目光和女店主相撞，很快又滑到店内米黄色的地板上，其实打探过多次后，沉河已经准备向对方表明来意了。这已经不像中国人委婉的办事手段，何况对于为程华办事的他来说没有什么好羞赧的，他只不过还想多观察观察。

他面对着吧台，坐在一张卡座沙发那里，脱下风衣搁在沙发上，然后叫了女店主，要一瓶烧酒和两碟小菜，小菜是泡菜和酱牛舌。按照公司密探获得的信息，除了来看程华的前女友叶莲娜，他还想看她女儿海涅是否会来店里。不过,沉河坐下来的二十分钟里,始终没有人进来。这也难怪,比什凯克的酒肆主要面向商人和白领,不会有高原的牧民和打工者来,何况这只是一家小众的酒肆,时间也才到下午三点半左右,没有到吃饭的时候。

沉河一直在观察店内的摆设和装修,柔和的阳光照着米色的室内,让酒肆有一种怀旧的感觉。除此,他还在不停地看着吧台后面的女人。就在他观察的时候,女店主终于发现来客有些不一般了,她开始打破寂静,用咬字很轻的俄语问:"请问您有什么不便吗?或许还需要些什么?"

沉河没有马上回应,他又摸了摸兜里的照片,但是,他还想再等一会儿揭开谜底。不过见对方期盼的眼神,他还是回话了,且多说了几句:"没有,我第一次来,酒非常好,非常非常好。在家里,我不能喝酒,我老婆是虔诚的教徒。对了,请问你们的店什么时候开的?"

"三年了,之前是我女儿在打理,她结婚后就是我了。店越来越难开,平时没有多少人来的。"女店主笑了,索性和他用俄语聊起来。

"主要是俄罗斯人来吧?"

"是的,出了城市就不准饮酒,我们说不定明年就要改行了。"

"请问,您在韩国待过吗?这是韩国人的风格。"

"我?我是朝鲜族人,我们迁徙过来的,您看我不像本地人?"

"你们从西伯利亚过来的?您到过海边?应该是。"

"嗯?"女店主迟缓间发出了疑问。

"我说的是海参崴,快三十年前的5号街。"

沉河轻松点出时间和地点,他说出了一个过去的特殊的名字,和中国人同居过一段时间的她一定会知道,那海边的事情她一定记得。

"您怎么知道这些?"女店主表情惊讶,眉眼间透出警惕。

"一位朋友告诉我的。"

女店主蹙起眉,直直地望过来。

到这时,沉河觉得有必要让对方明白他来酒肆的原因了。他从放在卡座沙发上的风衣口袋里掏出来那张六寸黑白照片。他端详了下照片,把它轻轻地放到桌上,他看着女店主,等待她过来查看他放在桌上的照片。或许,对方会呈现不可预测的过激反应,现在,他准备迎接任何糟糕的局面。

女店主没有再说话,她看到了照片后,立即从吧台后面走了过来,拿起沉河放在桌上的黑白照片,看了很久。

"哪来的?"女店主目光恐慌起来,神态里还有些惊讶。

"是他给我的,他是中国人。"沉河说到这儿,指了指照片,试探地说,"照片上的人是您吗?我觉得很像。"

其实,他已经确认女店主就是程华的前女友——不,称作前情人可能更为恰当,他们在将近三十年前的远东海边未婚先育。现在,他看到对方神态在剧烈变化。

"可是,我不想看到他,不要说了。"

忽然,女店主的面色凝重,她话说得很重,完了,她重新把照片放回桌上,走到吧台后面,低头沉默。

他们短暂的交谈尴尬地结束了。

这位已经确定是叶莲娜的女店主要送客了,沉河他最后一次环顾了下酒肆周边。他本来试图促成她和程华联系或见面的机会,让他得以完成业务,合约做完后,包括他和程华的意外邂逅——这才算一件完整事件——将要告罄,接下来他和程华之间大概不会发生任何实质性的交集,他也不会再来到酒肆,毕竟他不能喝酒。不过又一想,这样也正常,沉河一时没去猜测她和他的前导师曾经发生过什么,也没再追根究底。到此,沉河觉得在酒肆没有多待的必要,他准备离开了。

"打扰了,如果有需要,欢迎联系,随时恭候。"沉河表现得非常冷静,他为刚才的吃食买了单,然后把那张黑白照片留在桌上,临走前还把公司名片放在了照片的下面。

沉河披上风衣走出店去,等回到玛纳斯大街的人行道上,街上的大风形如飓风。他舒了一口气,预感女店主一定会联系他的。

四

果然,酒肆女店主也就是程华的前女友叶莲娜来找沉河了,她还带来了一对男女。那天上午,沉河刚到公司不久,透过办公室的窗子玻璃查看,一位男子把车停在舞厅的停车位,从车上下来两个女人,程华前女友叶莲娜的旁边跟着一位年轻女子,她形体挺拔,面容娇好而精致,耳垂上挂着硕大的银色耳环。沉河初步判断,叶莲娜旁边的应该是她的女儿,据年轻女子和那开车男子的亲密程度判断,他大概是她丈夫。

他们一行走到沉河公司门口,程华的前女友叶莲娜手拿着他给的绿色名片,在核对名片上的街牌号。沉河的公司设在一条叫凯琳格的小街旁边,位置隐蔽,公司前面是一家蹦迪舞厅,平常都是青年男女出入,其中有不少古惑仔,劲爆的曲乐从舞厅外泄,让经过的人都会误以为这里是红灯区,殊不知比什凯克服务行业的公司都开在这一带。那天,沉河放在酒肆桌子上的名片印有公司地址门牌号,程华前女友一行找到公司地址应该不费劲。

不一会儿,沉河出来开门了,他把他们迎进公司的接待室。沉河用纸杯给来者倒了三杯热水,他们就开始正式交谈。对于程华前女友一行主动找他,沉河依然像往常一样接客,他没去猜测她来的目的。

"上次对不起。"程华前女友叶莲娜一坐下来就像韩国人一样给他鞠躬,她为上次驱赶沉河在道歉,她声音很小,仍然说着绵软俄语。

"都是小事。"沉河很轻易地把话题叉开了。

他开始观察疑似程华女儿的女孩。见他深沉而认真地看着自己,她没有说话,沉河也一样,他等待着对方主动询问。

"请问他真的是您的朋友吗?还是只是委托的业务?沉先生,以前,我听说过你们公司,你们在玛纳斯大街有业务。上次有个店主,她丈夫发生婚外情,就是你们找到的证据,她才拿到赔偿。听说你们悬挂在窗子下面偷听她丈夫说话,真厉害。不好意思,我通过小道消息打听到的。"程华的前女友叶莲娜道完歉后,开始描述她所了解的沉河。

"哈,我们的业务。"沉河故意把和程华的关系说得很淡。

"可是又不像,我看您应该和他很熟,不然,他不会把这么珍贵的东西交给你们,然后,您又轻易地放在桌上。您已经确认是我们。"程华的前女友叶莲娜指的是沉河放在酒肆桌上的照片,她的眼神显示她已经咬定她所确认的事情。

沉河没有接话,他无须向客人透露他对特定人物的判断,也无须向对方阐述侦探公司的运作程序。他终于把目光从女孩那里挪到程华的前女友叶莲娜身上,那片刻,他闭了下眼,想象了下三十年前程华和她在海边的相遇,以及他们炙热的相爱。约一分钟后,他望向和她们一起到来的男子,男子坐在女孩的旁边。

沉河沉默着,与叶莲娜同来的女孩和男子一直在警惕地看着他。男子想说话,可是实在找不到话头,他只能不停地把口水咽回去。

"她是您女儿吗?这位先生呢?"沉河想证实女孩和男子的关系。

"她叫海涅,那个人取的名字。现在,她结婚了,那天我跟您说过的,这是她的先生,他叫穆特。"叶莲娜介绍女儿女婿时,旁边的女儿和男子咧开嘴笑,那是一种恭维的难以察觉的微笑。

沉河直接询问:"那么您来的目的是?"

"我没有事,我不想回到过去,那么多年过去了。要来的是我女儿,年轻人的想法总是不一样。那个人……"叶莲娜的表情有点拘谨,还稍显羞赧,仍是东亚女人常有的妩媚模样。她心绪复杂,似乎想通过言语和肢体来告诉倾听者她的想法。

"他很好,他很有能力,您是知道的。我可以告诉你们,他是成功的商人,古董商人、地毯商人。他现在属于这里。"

叶莲娜冷漠地点了下头,她没再发出任何疑问。

"请问老板,我可以这样叫您吗?您叫什么名字,小河先生?"女孩旁边的男子终于开口说话了。

"可以叫我沉河,我一直叫这个名字。"

"我感觉您很好,真的很好很好。对了,您的爱好是什么?您可以告诉我吗?熟悉后来往就多了。我可以告诉您,我是一位跨境司机,从阿拉木图到比什凯克往返运货,我平时的爱好是拳击,拳击您懂吗?还有骑马,我可以带您去骑马,吉尔吉斯人的骑马才是真正的骑马。"男子先是恭维谨慎地说话,说开后,他随和起来,同样可以看出他的期盼。

"骑马可以。钓鱼算吧?这里鳟鱼很多。"沉河没有夸张地介绍自己,他把一张自己的名片再次拿给对方核对,显示他和对方交谈非常真诚。

见沉河没有设置障碍,而且简短回复了自己所问的爱好,男子竟然兴奋地说开了:"鳟鱼吗?在六百多公里远的哈萨克斯坦,我看到很多很多的鳟鱼,人们叫它'狗鱼',我亲眼见到狗鱼在巴尔喀什湖里游泳,就像去拳击,那天晚上排成队,十分壮观!它们的背部闪着鳞光,威风得很,鱼鳍就像背着的一把把标枪。传说狗鱼是背着记忆的鱼,它们从海洋游到陆地,又从陆地到海洋,靠着记忆去到该去的地方。呃,就像人的迁徙,它们难道不是另一种人类吗?"

对面男子瞪圆双眼,以拳击的姿势比画着,把鱼类的洄游描绘得逼真可见,不过,这描绘的本应该是鲟鱼的习性。

"是吧。"沉河被对方的诗情说得有点迷糊,又一想,对方准是话中有话。他认真地看了下男子,想透过对方深邃的眼眸证实某些东西。

随后,他再次瞟了一眼对面的程华女儿。她有苗条的身材、精致的五官,是和程华前女友叶莲娜一样漂亮的女孩,似乎她就是年轻时的叶莲娜,只是描金的眼线让她更像迷幻的地毯中的女性人物。沉河明白,这不是一张天真的东方面孔能够概括的。他就这样望着,半眯着眼,目光老到、成熟,透着深沉的光芒,让男子不再能抛出热情的话题,以至于场面僵持起来。

"穆特!别再说了。"女孩喝住了男子,见沉河一直望着自己,她瞥了下旁边的叶莲娜,支支吾吾地问,"他最近会来吗?"

"应该会来,我会告诉他,你们来过。"

"他有钱吗?"女孩很小心地询问,透过眼神可以看出她和旁边的男子一样,同样有点殷切,脸上生出幻想。现在,沉河似乎明白了他们来的目的。

"沉先生,您最好不要说关于我的事情。"这时,叶莲娜急匆匆地抢话了,正视着沉河,她说,"要告诉的话,您只说海涅就行,我女儿和他有关系。我那只是一年零六个月的旅程,我家里人都不同意,那时我是舞蹈学校毕业的演员,后来我都不清楚自己当时是怎么了。以前,我联系过那个人,他回应过吗?最难的日子过去了,现在他回来了,是弥补过错吗?照片麻烦退还给他。"

说完,她从包里掏出一张照片放在桌上,沉河一看,正是上次留在酒肆的黑白照片。叶莲娜两眼湿润,连带发髻上的金属簪都在晃动,足见她情绪激动。这是她做出的最决绝的行为,行为已经表明了一切。

沉河没有马上说话,他仍然想从对面多听到些事情。

"妈。"叶莲娜的女儿听罢,看似与刚才喝住旁边的男子一样急躁,她打断了母亲的话。

"现在与过去不一样了,我说了,过去不值得怀念,我只想过好现在。他只和我女儿有关,就这样决定吧。"叶莲娜话语坚决,表情严肃(这才符合老苏联人低沉的气质)。她想了想,又补充说:"这是上次我没有好好接待您的原因。"

又是透着狠劲,空气凝固。女孩有点难过,试图多说话的男子保持着窘样,沉河一时不知如何说话。与此同时,从公司前面的舞厅传出一长串怪异的惊人的音律,瞬间,空气像骏马一样奔腾,所有人都淹没在急促激昂的打击乐里,显示出这里的对话正式之余又稍有点古怪。

"没有关系,这是公司业务。要说我和客户,过去是有点私人关系,不过现在我只按照公司准则办事,不参与客户的私事。同理,一旦我们完成合同,你们的事就与我没有关系了。"聊到这儿,沉河觉得有必要解释一下,他很清晰地表明态度。

"那么,我可以找他谈谈吗?就最近吧,我和穆特就行,我妈过来主要是陪我。"现在这位叫海涅的女孩小声说,终于提出了见面的要求。

"可以,我安排一下,地址我会告诉您。"沉河又悠悠地说,"见面应该是最近,不过,要看他最近有没有时间,他很忙,你们不必急。"

五

与程华前女友叶莲娜一行见过面后,沉河因公司其他业务出了差,等到回比什凯克是几天后。沉河认真考虑了,他决定把寻找母女俩的进展告诉程华。他亲自给程华打了电话,电话里如实讲述了了解到的情况:在比什凯克市区,他确实找到了程华三十年前的情人叶莲娜,叶莲娜在玛纳斯大街开了一家韩式风格的酒肆。他和她见过面,细谈过,她对与程华见面的态度极为冷淡,就如她亲口所说,她不想回到过去,她现在仍是单身,可是不想被打扰,如果可以用合适的话来形容,那就是她只是一名心无杂念的单身老太太。至于他的女儿海涅,沉河也和她见过面,她和她母亲一起来的,现在,她还叫海涅,已结婚。她的态度和她母亲不同,她两口子对他提议与程华见面表现得颇为积极,如果要重新建立起父女关系,和她两口子联系即可。

沉河的业务回执和答复是冷峻而现实的。

"对了,照片还在我这里,要给您退回去吗?"沉河还对程华说了叶莲娜退还给他照片的事实。

"知道了。"听到沉河的汇报,程华当时只重重地说了三个字便挂断了电话。

开始,沉河以为程华对寻找昔日女友和女儿一事的兴趣顿减。沉河又与程华的助理、义女程程联系。电话里,程程解释说:"先生正准备回S城,可能正在赶往机场的路上,我跟他说说。"和程程联系后,程华果然很快打过来电话,他开始为刚才的冷漠解释,说他刚才在车上,在和客户忙着谈生意,不便多说家事,现在他到了机场,可以谈了。程华还说起他在比什凯克生意的最新进展,他赶着先回一趟 S 城,之后马上要去浙江柯桥和义乌,就仿造高原地毯工艺生产和义乌的地毯工厂老板进行磋商,准备招揽一批纺织工人来比什凯克,他们开家地毯厂,然后销往中国——他先前已经决定,他委托沉河的事由助理程程全权处理。沉河问:"那您和您女儿海涅见面吗?""就近期。"程华做出了决定,他先不回国了,他要和海涅及其丈夫穆特见面,先处理这件事情,他很有兴趣和多年未见的女儿海涅谈谈。

"小河,越快越好,照你说的办。"说到这儿,程华开始叹息,"照片不要退了,至于她,唉,该怎么说呢?"

作为大商人的程华内心纠结起来,沉河保持着沉默,他没有提供多余的内心独白,程华也没有征求他的意见。沉河肯定,通过这些天的接触,程华也一定了解了他的个性。

"见面嘛,就在程程以前上班的'欧亚新希望'餐厅,它在十月区城市中心的二楼,餐桌号是 37 号桌,时间是后天中午十一点半,九月三十日。"随后,程华公布了详细的见面安排,他还询问起沉河,"小河,你也来吗?"

"不了,恰好我那天有约,有点事。"沉河婉拒了。

和程华通过电话后的当天,沉河就打电话告诉了海涅见面的时间和地点,对方很快答应了,也没有提及自己的母亲,叶莲娜已表明态度,他们都清楚她不会和程华见面。

很快,程华将要和他失散近三十年的女儿海涅重逢,沉河婉拒了和他一起见面。事实上，当天，沉河还是去了程华助理程程工作过的土耳其餐厅，他刻意瞒着程华，没有告诉程华他的到来，至于他为何到来，大概还和他的职业有关。

九月三十号，在十月区最繁华的城市中心的二楼，差不多十一点一刻，沉河去了"欧亚新希望"餐厅。这是一家现代的环形餐厅，餐厅外墙都是玻璃钢，反衬着远处雪山映射过来的光线，那是阿拉套山上连片的皑皑白雪，一并反射着餐厅内众多食客陌生的面孔。餐厅生意火爆，食客众多，足有百十号人，都是粗犷的高原人和高大的白人。起先，沉河没有见到程华或者他的私人助理程程，程华事前预订的 37 号桌空着，一时间也没有其他食客来坐。这时，沉河站在散客堆里，他为自己选定了相对偏僻的角落位置，这里距离 37 号桌足足五十米远，他的位置和 37 号桌差不多呈 120 度的角度，恰好能通过外墙玻璃钢的反光看到那边动静。他点了一份土耳其便当，然后从上衣兜里掏出事前准备的墨镜，就这样，在众多食客的掩护下，他仔细地观察着 37 号桌，等待着程华与上次叶莲娜带过来的女儿海涅见面。

十一点二十分时，37 号桌有人了，海涅及其丈夫穆特准时到来，他们的母亲叶莲娜果然没有来。两人坐在长条桌旁边，然后张望着环形餐厅的入口，他们等待着程华。在海涅和她丈夫穆特到来差不多十分钟后，程华终于出现了。先前，观察着餐厅外墙玻璃钢反射来的画面，沉河并没有发现程华，然而不到一分钟，等他快要把便当扒拉完，他发现了 37 号桌有情况：高大的程华已经坐到了桌旁，面对着那两位年轻人。程华坐下来时面带微笑，他一直在仔细打量着对面的年轻人,尤其是对面的女孩,当然,这也符合程华的性格。程华坐下来时,对面的两位年轻人半躬着身站在那里,好一会儿后,他俩才坐了下来。

37号桌上摆放了葡萄酒、烤肉、馕饼、奶油汤,还有摆放成长桥与城堡模样的冷盘、沙拉,以及来自中国的绿茶。那种绿莹莹的茶色在杯心荡漾着,两位年轻人先是疑惑,当各自小心地抿了一口后,竟然露出了微笑。卡车司机穆特还举起茶杯,像干杯一样,和对面程华的瓷杯碰了下。此前,程华尚是警惕的,像生意人初次见面未免生硬、矜持,但当他们的瓷杯相碰后,程华露出了像当初见到沉河一样的笑容。随后不久,程华叫来了餐厅工作人员,餐厅工作人员用小推车送来了"天山"啤酒。程华不再礼节性地喝葡萄酒,他像年轻人一样,开始和穆特喝起啤酒——这大概是对面的卡车司机穆特要求的。接下来,程华褪去了风衣,微笑着和女孩海涅说话,和她的丈夫穆特一起喝酒、握手、大笑。他们仨攀谈起来,两位年轻人听着程华说话,他们好像提前熟悉了般,比和沉河见面更加爽朗,甚至,那位卡车司机穆特开始豪爽大笑,紧接着,他将两手肘支在桌上,开始用手势描述起来,双手像画地图一样。据沉河判断,他准是又一次说起邻国巴尔喀什湖的狗鱼了,而巴尔喀什湖不流向海洋,那么狗鱼的故事肯定是他虚构的。

通过餐厅外墙玻璃钢映射看到的画面,可见三人在餐厅的见面非常愉快。沉河觉得该离开了,在卡车司机穆特的笑声中,沉河一声不响地走开了。这是属于他们父女俩的高光时刻,欢乐就留给重逢的父女吧。戴着墨镜的沉河很快离开餐厅,他不能久留,何况,中途离场是他一贯的行事风格,金秋十月马上就要到来,他得暂时离场了。

六

时隔二十多年,与自襁褓中就失散的女儿重新相见,那段时间应该是程华认为最美好的时光吧。他一直没有与沉河联系,他的助理程程也没有联系沉河。金秋十月开始了,比什凯克的秋季是美丽的季节,与往年一样,为了这个美好的季节,沉河的公司放了半个月的假,处理完程华的事后,沉河也开始忙于家庭的私事。

其间,沉河和程华本来可以像高原的普通朋友,而不是像导师与学生的关系,两家之间组织联谊活动,一起参加聚会,但沉河没有邀请程华参与他的家庭活动,他已经习惯做一个孤单的高原人。十月一日一大早,他就开着皮卡车带着儿子去了一趟南方的贾拉拉巴德,花费五万五千索姆从农户那里购买了一匹三岁大的公马。这是快要成年的公马,品种属于大宛马,两千多年前的汉朝皇帝都羡慕的良马。沉河用皮卡车把马载到比什凯克北郊的家里,休假时间开启,他们一家人带着马和毡房去了楚河河谷后面的楚河草原。在辽阔的楚河河畔,宽广的哈萨克草原的源头那里,沉河骑着马驰骋于草原上,那一刻,他更像高山草原上的汉子,而不像汉人,更不像来自海边的中国客人。晚上,一家人住在毡房里,毡房里生起篝火,他们坐在提前铺好的地毯上,围着篝火吃起烤肉。他高唱哈萨克情歌,妻子跳起了圆圈舞,他们一家在安静的哈萨克草原整整待了十天。

等回到比什凯克城中,生活又回归日常。沉河去查看他故意遗漏在家中的工作手机,发现程华和助理程程都打来过电话,从十月七日开始,两人竟然一共打来不下十个电话,几乎每天联系他一次,看来程华有要事找沉河商量。

沉河在家里坐定后,主动联系了程华。

"小河先生,你上哪儿去了?"接到沉河的电话,程华叫起"小河先生",似乎连程华也明白沉河不再是S城的学生沉河,他也不是当年学院的导师,他只是有求于沉河的客人。

"程老师,我们固定的休假时间,一年两次。毕竟这里与S城不同。"沉河说完,他又补充着,"我很喜欢马。"

"这我知道,我和海涅他俩也刚完成了一次度假。我安排车子,十月一日,我们去了伊塞克湖。在度假村的这七天里,我们每天都在一起。你是不同了,我也一样,完全不同了。"程华说,话语中透着欣喜。

"小河,你能再到我寓所来吗?我想亲自和你谈谈,告诉你一些情况。"就在沉河沉默的时候,程华再次兴奋地提起。

第二天一大早,公司恢复营业的时候,沉河就去了程华位处安克雷奇大街的寓所。这时,程华居住的那栋原本爬满藤蔓的楼的外墙变为了白灰色,原本苍绿色的藤蔓变得异常枯黄。季节马上要坠入深秋,这是连绵不断的雨季,再过一阵时间,比什凯克就要下雪,那将是泥土陷入冰冻的冰窖时期。

是程华接待的他,这次,他的助理程程不在。

程华像上次在寓所里见到的,身穿家居服,坐在沙发上翻看着那本相册里的照片。

"小河,你就不想听听我的喜讯吗?对了,你是去哪里度假了,还是一直在比什凯克?"沉河一到,程华就放下照片,关切地问沉河。

"抱歉,我们公司是固定休假,每年十月的第一天开始,一共十天。"沉河如往常一样保持着冷静,除此,他没有多说,他仍然不想向程华叙说过多私人的事情。

程华望了望窗外,他似乎也发现比什凯克的秋天变化太快,十月中旬后与十月初完全不同,树叶更黄了,几乎快掉光,气温下降,美好的秋天似乎只有短暂的十天。程华去年才来,他或许还不能完全体味得到。

"海涅没有怪我哩,我当初回国,让她早早失去了父爱,她现在没有表现出一点怨恨。你知道的,我年轻时奔波于各个国家和地区。"程华不再望向窗外,他回过头来,满眼是惊喜,这时,他表现得像所有年老男人一样。

"那很好,很好。"

"我想去那海边看看了,海参崴5号街,黑暗的没有煤气的小旅馆,那段经历对于我才是最浪漫的。我应该在那里开家叫'记忆木马'的展览馆,纪念二十多岁的青年时光。那时,叶莲娜生活在那里,海涅刚出生在那里。你说时间到哪里去了?我的时间在那里,就在海边。"程华一股脑儿地说出心中宏愿。

沉河听得头脑一震,他直直地盯着抒情的程华,程华为何要寻找失散的前女友和女儿,他现在终于明白。

"如果是凤愿,您会实现的。"

"'记忆木马'要等我退休后才能去做。现在,我得先处理一系列紧急的事。他们小两口子有很大的经济问题,没钱,和这里的人一样,很穷很穷的都市一代年轻人。海涅还跟我说,她在使用着信用卡还债过日子,他们没生小孩,他们生不起孩子。穆特在当那种有一天没一天的雇用司机,就当没工作,边境线卡得紧,每周五才放行一次,他在家里一待就是一个星期。她妈叶莲娜开的小酒馆怎么会有生意呢?我该怎么办呢,怎么帮?海涅毕竟是我女儿啊。"

　　程华依然兴奋,同时,对他亲生女儿海涅的生活状况,他保持着难以揣摩的担忧,他似乎只想冷静地分析所见事实,然后让沉河帮他分析。

　　程华意外地提起叶莲娜,沉河几乎没有想就问:"您见着叶莲娜本人了吗?"

　　"没有,我一直要求见她,她拒绝和我见面。前两天,我偷偷地跑去酒肆看了她两次,第一次是按你提供的地址去踩点,第二次是暗中观察。我站在那家酒肆外面的橱窗查看,天啊,确实是叶莲娜,我认得她。我心里激动,又怕她认出我来,一直没有进去。酒馆很冷清,一直没有生意。"

　　"您还是亲眼见着了。其实,事情只有她本人最清楚,她还是以前照片里的模样。"沉河提及那张他曾经放在风衣口袋里的六寸黑白照片。

　　"确实是叶莲娜,我当然记得她的模样,朝鲜族女人的容貌,那么娇小,那么胆小,比我们汉族女人还要胆小。第一次去我就认得她,我还怕找错了人。第二次去,我做了准备,带了一张她的单人照,站在她的小酒肆外面,手里拿着照片认认真真核对,确实是的。她的左眉心那里有一颗小红痣,当年,我还称它为'小可爱'。"程华说着,仍然可以看出他很激动。

"那么,确定是叶莲娜的话,她女儿应该叫海涅。我们查实她一直单身,女儿结婚后,她在十月区独居。"沉河说到这儿,机警地反问,"您是觉得有什么不对的吗?我们做得不够?"

"没有,我绝对信任你,小河,完全可以这样说,你是我最信任的人,虽然你不继承我的财产,你和我里外有别。曾经的老师和学生也好,普通朋友也罢,你表现得和我很疏远,有意和我保持着距离,这我清楚。人之常情嘛,我也能理解,否则,我怎么会成为享誉中外的大商人和古董商呢?我说我喜欢年轻女人、漂亮女人,中森明菜嘛,可我绝对不是笨人、蠢人。"程华说到这儿停顿了下,"现在,我毕竟是六十岁的人了,下一步我该做什么呢?每一个年龄阶段都有要做的事,你也一样。"

"这是您请我来的目的吗?"沉河心里"咯噔"一跳,他连忙问。

程华的话让他心里憋了一口气。都说姜是老的辣,程华又不是一味前进、一直保持亢奋状态的人,他无比机警、老奸巨猾、老谋深算,沉河一时拿不准该说什么。

"海涅已经对我提出财产要求,他们想买比什凯克新开发的公寓楼房,他们的理想是开家带饰品性质的珠宝店。现在,全世界的富翁都拥来了,好像这里是世界最后一方净土,他们寻找到了世外桃源。这倒如我所料。小两口儿看到了商机,我想这也未尝不可,毕竟海涅是我女儿,我亏欠了她那么多,整整三十年啊。一个人老了后,谁还去想年轻时候的破事呢？那些交给年轻人吧。你说,谁不想带带孙子,过几天清静日子呢？"

"您让我来是想告诉我你们认亲的最新情况吧？"沉河猜测般说,他大略知道程华叫他来的目的,可是仍表现得像不明白一样。

"小河,我刚才对你说那么多是出于信任,两个月就看到有这么大进展,我很高兴。这等于完成了我最大的心愿。当然,你的公司业务务必做得扎实,这对于客人是以防万一,是最后的防备,这才是真正的服务,是对人们最认真的承诺。"

七

沉河从程华在安克雷奇大街的寓所里出来,他回公司的路上,程华又给他打了电话,再次提到他近三十年后重新找到前女友和女儿的兴奋,他准备做出重大决定,又叮咛般提了下"以防万一",然后挂了电话。沉河一再回味,程华认亲成功的兴奋背后,他似乎又得到了偌大的提醒。

程华最后说的"以防万一"给予了沉河提醒,质疑沉河公司业务上是否出现疏忽:除了真实的叶莲娜,和程华见面的女孩是否真是他女儿海涅呢？因为发现了异常的苗头,沉河竟然不敢确定。程华的话让沉河大脑陷入一片空白,随即脑海中闪起火花。如今沉河倒坚决地判定,程华只是对过去和古物敏感,他觉得应该帮助一下程华,脑海中的火花支持他有必要采取进一步行动,以便后续做出符合职业水准的判断。

在这以后,沉河确实采取了行动。在比什凯克短短半个月的雨季中,城区频繁发生恶性案件,据警察局统计,四个区、一个镇的区域范围内,大概百分之二的家庭发生过盗窃或抢劫事件,这打破了城市的寂静。从最开始丢钱财,到丢首饰珠宝、丢宠物、丢小孩,本来静寂的夜晚,现在,被私人安装的报警器不时奏响打破,如新年爆竹声,整座城市像响起连番的枪声。与此同步,比什凯克坠入烦人的雨季,淅淅沥沥的雨中,城中的树叶纷纷坠落,呈现萧条、无情的城市状态。沉河每天去公司,他亲眼见到雨中的马路上演一场追逐戏。那天清晨,一个吊带滑落露出双峰的吉尔吉斯女人从巷子里奔跑出来,她睡觉时家里被盗了,醒来发现了偷窃者;偷窃者已经蹿到雨中的马路上,随即准备上一辆提前安排好的拉达车。女人表现得极为英勇,她跟在后头,眼看要抓住拉达车的前门了,不料,她脚一扭,正好摔倒在沉河开过来的汽车旁边,等她艰难地爬起,沉河开着车从她身旁缓慢地驶离。除此,他还亲眼见过这般深秋的城市乱象:牧马人没来得及回到城中,远去俄罗斯、土耳其的打工人在他们的海边没有归巢,在寒冷持续沁肤急需温暖的时候,一对又一对的地下情人在地下车库、在配偶没有回来的房间、在隐蔽的小轿车里苟合。这大概是最浪漫的季节过后随之而来的最疯狂的城市状态,它会平息回归于安然,因此人们习以为常,沉河路过,他不需要为此多眨眨眼。眼下,沉河就是在集体性候群症爆发期间开展行动的。这回为了"以防万一",他亲自出马,每件事情都亲力亲为。

集体性候群症造就危险行动,同时也造就隐秘行为。对于长居比什凯克、以私人侦探为业的沉河来说,他的心变得像铁一样坚实,像偷窃者一样侵入他人家里。他已经得知叶莲娜住在十月区的位置，就在靠近阿珂姆街的小区里一栋属于工人城职工房的单元房里，具体来说是2号单元楼。本来，叶莲娜和女儿一直住在这里，自从女儿结婚后，只有叶莲娜住了。现在，叶莲娜在玛纳斯大街打理酒肆，白天根本不会在家。这天，细密的小雨中，沉河就站在这普通的单元房旁边的隐蔽小路上，没人打理的绿篱蕃庑稠密，可以让他放心地往叶莲娜的家里窥探。

叶莲娜家连着一个阳台，阳台走廊不大，大概两平方米大小，阳台外延搭建有一个铁质的小凉亭，小凉亭的整体和阳台走廊的窗户一样，都用铁栏杆严严实实地包裹好。从小道到小凉亭是铁质的台阶，这里开了一扇门口缠了紧紧一圈铁丝的铁门，铁门还上了一把锁。从小凉亭到叶莲娜家的阳台又有一扇铁门，阳台的木窗子和凉亭的铁构件都涂着苏联时代常见的绿色工业漆，可是，凉亭锈迹斑驳，木窗子上的漆层起泡、脱落，所有的景象组合起来，让这一家子看似萧索、落魄。屋内似乎没有人住，从阳台窗子望过去，走廊通往家里的窗子边上摆放着两盆玫瑰花，不像室外萧瑟的深秋，玫瑰花的枝丫青绿，长着绯红色的花蕾，显示着这里常年有人住。

小雨像层层密实的松针，提供了绝佳的伪装，沉河轻轻一跃，登上了小凉亭的台阶，拧开那把铁锁，因为年代久远，铁锁失去应有的效用。对着紧紧缠绕一圈的铁丝，他轻轻一扯，也轻松扯掉了为数众多的铁丝。现在他想从小凉亭到叶莲娜家的阳台走廊里看看。他进小凉亭后，打开了里面那扇通往阳台走廊的铁门，他把两扇铁门佯装关上，成功地到达叶莲娜家的阳台上。这时，他已经到了叶莲娜的家里,阳台通往客厅的是一扇木门,没有关,更没有上锁。

他轻易地潜入了叶莲娜的家中。叶莲娜住着简朴的三居室,连带卫生间、厨房和阳台。沉河站在连接阳台的客厅里,一股陈年的气息扑面而来,让他不禁掩鼻。客厅墙壁的正前方悬挂一幅尺寸不小的照片,那是两个年老男女的彩色合影,都是朝鲜族人面孔,身穿传统白色盛装,应是夫妻。照片的色彩失去光泽,反射着从阳台照过来的黯淡的绿色薄光,连夫妻的五官都难以分辨,能看出照片年代久远,他们或许早已逝去。合影的下面摆放着一个木架,木架上摆放着一个白釉瓷瓶,据沉河早年的专业判断,瓷瓶应该属于土耳其风格,出自土耳其的伊兹尼克。叶莲娜的家里都是些老式家什,所有房间的地上都铺着红色的地毯,连白色的墙壁都折射着红褐色光芒。这样陈旧的家里没有新意,如果还有什么新颖可提的话,就数角落里那台吸尘器了。

沉河来叶莲娜的家里,不是为了行窃,而是想找到一些证据,这是他想通过寻找得到的。他去到两间卧室中较大的一间,打开衣柜,衣柜里整齐摆放着朝鲜族女装。他知道苏联时期的老柜子都有小抽屉,基本隐藏在衣柜的中间部位,他准确摸到了方形小抽屉,并且轻松地打开了它。小抽屉里有几枚银色涂层脱落的苏联勋章,旁边是一沓照片,对的,他发现了一大沓摆放整齐的照片。这些照片中有黑白照片也有彩色照片,尺寸都不相同。他首先看到叶莲娜本人的,有黑白和彩色照片,紧接她十来张照片后面的是三张男人的黑白单人照,沉河仔细一看,那是年轻时的程华。看到程华过去的照片,沉河心头一震,他端详了好一阵。程华黑白照片的后面都用红铅笔写着

"Cheng",中间两张照片字迹有涂抹(仍依稀能够辨认),另外一张没有,它们的下面都用铅笔很重地标识着俄文字母"китай(中国)",后面的日期分别是"1991.8""1992.7""1993.5"。沉河把叶莲娜和程华的照片放在一边,继续查看叠放在后面的照片。后面的照片有黑白的,也有彩色的,尺寸大小不一,是关于女婴、女孩和少女的,有的照片后面用黑铅笔写着"Ch",然后标注俄文"Хайне(海涅)",有的是"Люция(柳齐娅)",有的后面什么都没有写。至于照片的日期,分别用红铅笔写着"1992.7""1993.5",黑铅笔写着"1997.7""1998.4",后面的彩色照片干脆什么也没有写。也许照片太多,顾不上写,也许不用写。至于这些照片的主人,也许是同一个女人不同成长时期的照片,也许并不是。眼下,沉河难以判定,他要从中找到准确的依据,但他根本没有充足的时间做出判断,更别说待在叶莲娜的家里来仔细研究照片了。

　　沉河快速奔向客厅旁边的厨房,他从厨房掉漆的小橱柜里找到一个超市购物袋,这白色塑料袋是叶莲娜原本准备囤放垃圾的——角落里摆着一个塑料袋,里面装着蛋壳、胡萝卜碎皮等厨余垃圾,看来叶莲娜是节俭过日子的传统女人。如果谁也不伤害她的话,她会是一个很好的女人。沉河想。他丝毫不想伤害她,他转眼间就回到大卧室,把小抽屉里女婴、女孩和少女的所有照片统统装到白色塑料袋里。天色已晚,快要到下午五点,再过一些时间,恐怕叶莲娜要从酒肆回家了,他得尽快离开才行。沉河轻快地穿越卧室、客厅、阳台,再次来到小凉亭,打开铁门走下台阶。下了台阶后,他重新把那把拧坏的铁锁装上,又牢牢缠上刚才掉落在地上的铁丝,让铁门看起来结实牢固,像没有人打开过一样。沉河这才放心,他回到了绿篱遮拦的小路上,消失在青褐色迷雾遮拦的道路中。

八

沉河潜入叶莲娜的家中,他不知不觉陷入疯狂的职业状态,两天后证实疑惑。就在他犹豫要不要告诉程华时,程华委派助理程程来到了他的公司。

"我义父要结束和您的合作,他认为贵公司的工作已经完成,他很感谢您。"程程一进沉河的办公室便说。

沉河一愣,他不知该从何说起。

和程华的合作事项完成,按照法律规定,沉河要销毁那几份协议书,不过,他仍打算和程华的助理程程谈谈。

程程很愿意,接下来,她对沉河全盘说了程华做出的重大决定:程华已经在帮助他三十年后重逢的女儿海涅,全额付款了她在城里看上的新开发公寓;在莫哈琳大街的国家展馆里面,他购买了场地,准备在那里为女儿海涅开设一家新潮珠宝店;还不够,父女俩已经做好计划,准备前去哈萨克斯坦的巴尔喀什湖度假,他们要去钓鱼,马哈鱼、鳟鱼什么的(对,鳟鱼);除此还不够,他们准备从哈萨克斯坦回来后,接着就去一趟中国(原本是程华单独前往的),他们从浙江柯桥、义乌招揽工人回来,穆特准备建立地毯厂,生产产品,他们将向全世界供应属于他们的工业化地毯。

"'记忆木马'呢,有聊起过吗?程总说要建一个展览馆,就叫'记忆木马'。"沉河想起上次在程华寓所里,程华提及晚年所要办的重要事情。

"没有,完全没有,他没有提起,他们也不会去S城的。而且,我不明白他为什么会有这样的想法,过去的事情早已经过去。"程程很疑惑。

程程是沮丧的,她当然是沮丧的,随即,她从自己的权益被侵犯侃侃谈起。原本她才是主人,却因碰到沉河,程华开始寻找前女友和女儿,她选择的人生被改变。现在,她的义父把所有的情感和精力都倾注在重新找回来的女儿身上,程华这样做等于损害她的利益——毕竟她已是他义女,她破除了那么多非议,一直为他服务。他们年龄相差甚大,但他们心灵契合,她也佩服程华作为一个大商人具备横掠整个亚洲大陆的雄心,这才是她佩服的男人,所以她心甘情愿为他服务。他们不是情人,他们没有肉体关系——哪怕高原的流言像牛虻一样肆虐,她也根本不怕。现在,大商人程华亲自打破了一年前对她的承诺——她是他事业的继承人。纵然,她现在作为他的义女,确实对程华的产业有自己的一份继承权,她也实在不能明白她的义父、老板为何仓促决定。给程华办完这份寻亲协议后,她准备辞职,寻找属于自己的事业,寻找属于自己的高原,所以她恐怕要离开比什凯克了。

"这点,我就像你,一直在寻找属于自己的合适的地方。"最后,程程反问起沉河来,"你是男人,我呢,像古董一样,大概是用来玩弄的女人吧?"

"你等等。"沉河无法给予她答案,他不能说他已经潜入过叶莲娜家里。

程程给了沉河一激灵,送走程程后,他仍得验证重要的结果。他去了比什凯克十月区中心医院,找到提前约好的朋友,在医院档案室查找,翻阅到了二十世纪九十年代的治疗和死亡记录。然后,他去了郊外一个墓区,墓区很小,安葬的都是工人城的矿工、小孩。杂草魑魅,他要寻找的墓主人几乎难以寻迹。等到从墓区回来,心中的结果浮出水面,现在,沉河只需再次前往一趟玛纳斯大街,去见程华三十年前的女友叶莲娜。

像第一次来玛纳斯大街找叶莲娜一样,沉河又来了。这时玛纳斯大街上,遮挡物更显稀少,周边也没有赏景的行人,他不声不响地踏进了酒肆。

酒肆内仍然没有食客,叶莲娜在厨房里打理,看到沉河,她愣了下,面无表情地微笑,她没有招呼他坐。

沉河自己挑了位置坐下来,在上次坐的卡座旁边。这次他依然穿着风衣,只是并没有把风衣放在卡座的沙发上。他点了一瓶烧酒和一碟酱牛舌,像上次一样。

"沉先生,您过来有什么事吗?"这时,叶莲娜终于打破了寂静。

"生意好不好?"沉河望了望酒肆内,他没有直接回答叶莲娜。

"其实马马虎虎的,也挺好,挺好。"叶莲娜面带忧郁地回复着。

"那就好。"沉河轻轻地说,到这儿,他话锋一转,"穆特他们没有来吗?"

"他们没有,去陪那个人了。他们打算去巴尔喀什湖旅游,说是星期五出发的,明天是星期五吗?那么就是明天。今天他们应该到了边境线的旅馆那里,您看,唉,他们慌得连手机都没有带。"叶莲娜说到这儿,没再说下去,而是继续面无表情地盯着沉河,看他接下来要说些什么。

"哦。"沉河抿了一口酒后,慢慢地说,"对了,程总在我们公司的事完结了,他没有事再和我联系。"

沉河只说到这里,他刻意等待叶莲娜如何反应。

"我知道,这要感谢您。"叶莲娜话语很轻地说。

"对了,您仍然在恨程总吗?现在能告诉我吗?"沉河好像抓住了话题的苗头,他问了下去。

"如果不恨他,我就会原谅他了。这是不可能的。"说到这儿,叶莲娜的眼睛有点湿润,她好像陷入了沉思,回想起漫长的过去,那是多久呢?漫长的三十年,从海边的中国客人出现,一直到现在。

"我理解。"沉河又喝了一口酒,轻轻地点头。

他又停顿下来,半张开嘴,然而又像在等待对方发言。可是叶莲娜没有说话,她别过身去,默默地擦拭起酒肆里的桌子。

"其实,"沉河说了下去,"您没必要这样做。"

叶莲娜停止了擦桌,她愣了下,回过头看沉河。他俩的目光相撞,叶莲娜又把目光撇开了,挪到旁边的墙壁上。这期间大概过去了两分钟。

"我都知道了。"沉河坚定地说。

他说到这儿,叶莲娜眼神里闪过一丝惊慌,她用全部精力听着,她在等沉河说话。

"您很不容易,毕竟一个人度过三十年。从海边的5号街到这里,那时您还只是刚刚从舞蹈学校毕业的学生,受了很多苦吧。那样多的苦如潮水一样,难以品咽。所以,您恨他。"说到这儿,沉河又补充了一句话,"而且,我知道了更多。"

叶莲娜终于被说得激动了,她言语激烈起来:"是的,我恨他。我恨他逃跑,不管我们,我恨他毁掉了我的全部。最初我家里以为我失踪了,等我从远东回来,从海边回来,一万公里,整整一万公里,我是怎么回到家的?去海边我只花了十天,回来足足花了一辈子!当时大家都慌得很,我没有钱,回到家后,谁都不理我们,全怪我失踪一年半后带回来一个怪物,只有我姐姐尚好。从海边回来后,我没有房子,连馕都没钱买,医院没有药,没有美洛西林钠,是他让我成了这样。我还能怎样?"

"您说带回来了一个怪物?"

"是的,怪物。相比,我姐姐的孩子好过多了。我姐姐的孩子夭折了,全家没了希望,我才好过点。我姐姐一直在接济我,给钱、馕饼,给我找工作,他们去俄罗斯后还给我留下房子。我又能怎么样?我已经生过小孩,那个人彻底把我毁了,他为什么现在才来找我?是嫌我还不够惨,还是想表明他是做慈善事业的人?"

"可是,怪物应该不在这里了,她后来去哪儿了?"沉河眼神兀地锋利,他向叶莲娜扔过来一把犀利的匕首,割断了她的话。

叶莲娜的脸色变了,她警惕地看着他,她不明白沉河为什么突然这样说。诚然,她对这个叫沉河的中国人早有提防,他是私人侦探公司的老板,就像黑暗里的魔鬼,绝对不能低估。

"她们不是同一个人,我指的是海涅和柳齐娅。"沉河直接把结果说出来,"您也别问我是怎么知道的,我们是侦探公司,有的是办法,我要直接说的是——您在说谎。"

"您去了哪里?"叶莲娜用低沉的声音发出艰难的询问。

"您家里。"

沉河起身了。

叶莲娜转身去抓吧台上的座机电话,她一手拿起听筒,拨起号码,沉河知道她想要干什么。

"报警吗?"他问得迅疾,双手交叉放在胸前,"随时欢迎。"

叶莲娜举着座机听筒,她迟疑了,没有再拨电话号码。

"您到底想干什么?"她放下听筒,哭丧着脸,难以发声地低鸣。

她更加艰难地看着沉河,白皙的脸庞上冒出一层浓密的细汗,发髻上的银簪子一直在抖动,像一只落单逃命的小白鸽。

"她应该叫柳齐娅,她不是海涅。现在,让我告诉您吧,她不是您的女儿,而是您姐姐的女儿,这些您都不用告诉我。我现在知道您说的怪物怎么样了。您一个人带着她从海边回来后,她死了,您把她葬在郊外,给她竖了一块碑,碑文用俄文和中文写着'爱女海涅之墓',前几天,您还送了她白色的花圈。嗯,她是一九九四年五月两岁半时得肺炎死的,那时春天,肺炎恶化,来不及医治,对不对?应该是这样。柳齐娅是您姐姐的孩子,她是您的外甥女。我查证了照片,海涅的下巴那里有块紫色的小胎记,柳齐娅没有,您的外甥女在医院的注册名叫Люция,中文名就是柳齐娅,她和海涅同年出生。后来,您为了纪念死去的海涅,把她当成了您的亲生女儿,让她们拥有同样一个名字,都叫海涅。而且,您打心底不恨那个人,所以,才留着他的照片,您一直没有忘记他,对不对?您为什么不告诉他全部?"

沉河一口气把他所探究的吐露出来,叶莲娜早已伏在卡座的桌子上掩面痛哭。

"我说这么多,不是想要伤害您和柳齐娅,请保重。"最后,沉河走到叶莲娜旁边,轻轻拍了拍她的肩膀,安慰了下,然后走出昏暗的酒肆。

九

从玛纳斯大街的酒肆出来,告别叶莲娜后,沉河内心同样痛苦。虽说他不想伤害叶莲娜,事实上还是伤害了。这是一个可怜的女人,在报复与坚守中煎熬的女人。等到沉河开车离开玛纳斯大街时,瞬间,他胸口出现一阵被马踏过般的绞痛,这让他过红绿灯时一个急刹车,差点造成追尾。离开长达五公里的玛纳斯大街,他不停地看着后视镜,想到前些日所见的因追赶盗窃者而跌倒在马路上的吉尔吉斯妇女,他想扶起,却发现原地空无一人。眼下,他只能无力地回望玛纳斯大街。当牧马人的吟唱从打开的汽车音响里传来,他却想到对于他来说遥远的过去,也就是身在 S 城,年少时在 S 大学学习古物研究和鉴定,他不愿意选择与过去有关的道路,却还是逃不过。当确认完现在程华身边的女子不是他真正的女儿,沉河茫然了。

十月中旬以来,比什凯克一直阴雨绵绵,沉河本应该回家去,从马厩里牵出那匹与他刚熟悉不久的公马,用梳子好好清理一番公马的鬃毛。公马久待马厩,他得缓解它的急躁情绪。如今,他却对绵长的扰人的事情紧揪不放。想来,如同程华过去对叶莲娜的伤害一样,这是职业对他的伤害,有唯一一个理由的话,那就是他们都是来自海边的中国客人,毕竟他们都是汉族人,哪怕他们来到比什凯克超过十年,在这里娶妻生子,吃了草原的肉,喝了高山的水,未来将融入草地,他们仍然是海边的中国客人。

沉河像被上了一道魔咒,他自己也发现了,不过,他还是想亲自找到程华好好谈谈。这天下午,沉河辗转回到位于凯琳格小街的公司,就给程华打了电话。程华的手机无人接听,拨打一次后,沉河就放弃了,突然觉得没有必要,而且他想起叶莲娜在酒肆里的话,她姐姐的女儿柳齐娅与程华已经前往边境线,他们没有携带手机。

沉河坐到公司办公室的软椅上,最终,他想到了最应该联系的人。

他联系了程华的助理程程,现在,他觉得她才是可怜的人。沉河对着电话询问:"程程,今天有空儿一起聊聊吗?我找你有事。"

"好的,现在我有事,要不就晚上七点吧,我们喝咖啡,就在十月区的'欧亚新希望'餐厅。"程程说。

沉河绵软无力,那晚准时到达"欧亚新希望"餐厅,他确实想找程程好好聊聊。

程程先他到达,她给沉河点了一杯咖啡。"欧亚新希望"餐厅早过了晚食时间,餐厅内没有多少客人,餐厅外墙玻璃钢印着模糊的雨线,这属于比什凯克夜晚最冰冷的雨。

沉河坐下来,右手肘支在餐厅的小圆桌上,手掌捧着额头,焦头烂额的样子,连程程也感知到了他的痛苦。

"其实,你不应该接受这项业务。"程程说。

沉河望向她,她的面容模糊,沉浸在餐厅外墙玻璃钢反射过来的光影里,光影像燃烧的篝火,看起来又像什么也没发生过一样。

"说说你的理由吧,那不是他真正的女儿。"沉河喝了一口咖啡,停顿下来,等待着对方解释。

"我知道你后面给程总做了很多事。程总以前有一位情人,现在,我也知道那不是他真正的女儿,这是情人对他的报复。我没有告诉他,大概告诉了也没用,权当是程总的下一个女人。"

"对,报复。后面怎么说?"沉河狐疑地问。

"你真知道程总的过去吗? 就以我自己为例,对于追随他的女人,他其实不在乎,他全程寻找的是快乐,像光一样轻浮的快乐,这就是他的真理。当然,每一阶段的快乐不同,爱情是快乐,赚钱是快乐,和女人合作、取悦自己是快乐,这组成了他的全部。至于我,虽然只是他的义女和助理,可事实上,这一年多来,我一直都陪着他,看起来像柏拉图式爱情,否则一个人会孤独。但事实证明,我们没有到达心灵契合的地步。现在,他考虑的是晚年,他喜欢快乐,其实,我都怀疑他不在乎真相。"

"我知道他在 S 城的事,我因过去的交情才答应下来这项业务,就我了解,他在 S 城有过婚姻,没有儿女。这是重点,所以他才来到这里。如今,整体想来,应该是他从海边的 5 号街小旅馆窗子里跳出来逃跑的时候就开始了,这是三十年来的疑案,是宿命。而我,办着这样的事,好像被他感染。他是乐在其中,哪怕被骗。现在他身边的不是他的女儿海涅,她叫柳齐娅,她是叶莲娜的外甥女。不过,叶莲娜倒是没错,那是一个可怜的朝鲜族女人,她那时是一个学生,一个人跑到海边,去寻找先辈的踪迹,结果碰到程华,他们产生了爱情,这个经历毁了她一辈子。其实,我应该去找程华和柳齐娅,而不应该去找叶莲娜,去破坏她可怜的生活,帮着程华再把她毁一次。"

"他何尝没有毁了我?只是我一度不打算计较罢了,我安慰自己,至少现在我还能控制得住情绪。我刚刚离开安克雷奇大街的寓所,就在昨天,下雨最厉害的时候。我对程总说出我的决定,他说赠送给我一些地毯,那是世界上最美的地毯,以此作为纪念。呵呵,我就这样离开安克雷奇大街了。我知道,我不再跟着他后,将有别的女人住进来。这些天来,雨一直下,他已经给那女孩很多,可以想见,他的全部都将还回去,他会变得一无所有,最后客死他乡,无人照看。要说原因的话,这就是报复,报复才是最真实、最完整的故事。"

"听起来真是一个悲伤的故事,哈哈,这是我的杰作啊!"沈河皱着眉头,讥讽起自己完成的工作,"想想,这首先归功于程华老师自己的提醒,他当时可能是随口一说,后来,我感觉柳齐娅不是海涅,我完整地核查了,查实清楚也没有结果,他是一个自信的人。"

"其实并不悲伤,关键是其中具体的人,只有参与的人才能感受到悲伤和快乐。"程程说得缓慢,"这是我现在才悟出来的道理,我们都是旅行的人。"

"是的,我们都是旅行的人,没错。"沈河点头,他同意这样的说法,他又说,"他们是去哈萨克斯坦了,去钓冬天的狗鱼,那么他们现在到达哪儿了呢,边境地带?他们又会住在哪儿呢?"

沉河还是想把事情一撸到底,找程华好好谈谈,他觉得这是他应该去做的。

"楚河关口附近的巴尔纳什旅馆,房间是15号套房,我给他们订的房间。"程程慢悠悠地说。这时,沉河才看清她悲伤的面容。

十

翌日一大早,沉河开着车出发了。沉河没有想到前往边境地带会给他带来厄运,他所挚爱的草原对他深度介入他人空间给予了惩罚。

事情是这样的。沉河从比什凯克出发前去哈萨克草原,比什凯克距离那里的楚河口岸大约一百公里,关口开放是早晨八点半。八点,沉河到达附近的巴尔纳什旅馆,上前台一询问,程华和柳齐娅及穆特果然昨天晚上住在15号套房,但沉河还是来晚了,程华一行已提前退房,他们三十分钟前离开了旅馆。沉河急忙从巴尔纳什旅馆赶往楚河关口,他的汽车在疾驶。在距离关口检查站差不多两公里处,沉河看到有一队车在排队等待前往哈萨克斯坦,其中一辆高大的国际大巴在等待过关的车队前面。过关时间已到,不少人下车,在提行李箱验关,提行李箱的人中好像就有穆特。检查站陆陆续续地放行通关车辆,如果开车走大马路赶过去,沉河肯定是追不上程华和柳齐娅的。

这时,沉河想要改变路线提前追上程华他们,他把车子方向盘一转,启动引擎,加速驶向马路旁边的草场,他试图抄近路赶上车队,以为这样定能在大巴过关前追上他们。然而,沉河忽略了一个现实问题——两国边境线附近正是哈萨克草原的一部分。他的汽车高速地驶往关口,当行驶到草原牧场中间,他没有注意身边开始集合起马群。牧场的马本来在安然啃食青草,看到飞速奔驰的汽车闯进来,又发出响亮的鸣笛声,马群受到惊吓,其中一匹棕色的公马近在咫尺,马的鼻孔里甩出热气,四蹄奔腾,它完全被鸣笛声吓惊。公马往斜前方插过去,试图远离这辆靠近的汽车,那颗巨大的头颅以及结实的身躯朝飞奔的汽车沉重地撞来,顿时,车马一同倾翻,马嘶不止,沉河陷入了昏迷,他在最后的清醒时刻,看到那辆大巴缓缓通过了两国关口。

突然的车祸让沉河在医院住了长达半年时间,他的私人侦探公司一度关门打烊,等到能正常开展工作,已经是来年春天的三月。

沉河又记起比什凯克国际艺术品博览会,等到能正常活动时,他又一次驱车前往了莫哈琳大街的国家展馆。他想起去年在这里邂逅程华,他知道他不会再看见程华,可心里仍有期盼。去莫哈琳大街的展馆前,他去过玛纳斯大街,叶莲娜的韩式酒肆已经关门,连门店都转让了,现在那里是售卖馕饼和面包的早餐店。至于叶莲娜在十月区的家,沉河也去查看过,那栋2号单元楼仍在,连接阳台的小凉亭已拆除,阳台的所有窗子都被牢实地钉上了木板,显得这里没有阳台一样,从外面再也看不到里面的玫瑰花。

这次在莫哈琳大街的国家展馆,沉河没有想到他会碰到柳齐娅。

在展馆里转悠时,他赫然发现一家貌似熟悉的珠宝店,店名用闪金粉装饰,店名叫"мнемонический конь",中文就是"记忆木马",它顿时像一只飘浮在草原上的萤火虫,叩开了沉河记忆的大门,引导他颤抖地走进去。沉河打量店内展品,他发现珠宝店的店主正是柳齐娅。

"你好,柳齐娅。"沉河向她打起招呼,没有叫她曾经用了近三十年的名字海涅。

"您好,您来了。"看到沉河,柳齐娅初始表现得极为惊讶,很不好意思的样子,但是,尴尬只维持了一分钟,她就大方地看向他,表情非常自然。

沉河想起程华最后一次在安克雷奇大街的寓所找他私聊,说过他想开设一家名叫"记忆木马"的展览馆,用来纪念海边的青春岁月。如今,这事由与他毫不相干的柳齐娅完成了,虽然,柳齐娅是按着她本来的规划,开的是符合年轻人品位的珠宝店。

"我的程华老师呢?你的母亲呢?"沉河自然问起与此相关的事。

"我姨妈退休了,她在家不出门,哪儿也不去。至于程先生,很遗憾,他去年冬天去世了,跟我们从巴尔喀什湖度假回来后不久,他就突发了脑出血,谁也不知道是怎么一回事。应该是他前助理程程跟他说了实情,她一直在找机会跟他说上话,之前,她已经要走了程先生所有的藏品,那是我们最值钱的地毯。现在,我们可以和解,只要她愿意回来。"

柳齐娅停顿了一下,见沉河一直用狐疑的目光看着她,她又说下去:"我知道你们与我们没有去过的海边、我们不认识的 S 城有联系,您可能在猜测,是我们谋杀了他吧。可是,我想要跟您明说的是,我没有对他做过什么,喜欢他的穆特没有,我姨妈叶莲娜更不会,她那么爱他。程先生在医院的最后时光,是我和姨妈叶莲娜守了一个星期,他最后知道我不是他女儿海涅。您是私人侦探,您可以调查我有没有说谎。程先生生前那么多计划,最后他都没来得及做。他的事业本来应该由姨妈叶莲娜继承,最终却成了穆特和我的事业。"

"很好,记忆木马。"沉河喃喃地说,离开了展馆。

原来柳齐娅才是程华最后的女人。听到程华最后的故事时,沉河失去了感觉,甚至都来不及悲伤。

大地苏醒,春天的高原就像要重新开始一样。

这年春天,沉河全家去了哈萨克斯坦旅行,同行的还有大舅哥一家,他们前去比巴尔喀什湖更远的额尔齐斯河边钓鱼,这条河从遥远的阿尔泰山南麓往西流来。

春天是鲟鱼肥美的季节,他们收获不少。在冰冷的形成春汛的漂着浮冰的河里,银灰色的鲟鱼清晰可见。鲟鱼排成队伍,跃跃向前,在清澈河水中形成一道道耀眼的水线。这才是真正的狗鱼。

阳光正好时,沉河从车上拿下来一个白色塑料袋,站在河边,从袋子里取出来一堆陈年的照片,足足十多张。那一刻,他缓缓地翻看着,一张张地查看它们的正面和背面。照片里有三十年前就死去的海涅,有刚去世的程华,有隐居的叶莲娜,有现在用真名生活着的柳齐娅,其中也有他们数人的合影,包括程华亲自给他的那张黑白照。至于照片的背后,有冗长的俄文,也有简短的汉语拼音。重新看着这些照片,沉河没有掉泪。这里看似真情最为缺少,因为河水冰冷,因为距离海洋最为遥远,但其实这里才是世界上最博大的水池,于是,这里看起来没有了眼泪,但回想起来,又不像是这么一回事。

  沉河蹲下来,把所有照片都放在水里,它们随着泛起浪花的河水漂走了。瞬间,河里的黑白和彩色照片一闪一闪,波光粼粼,它们就像真实的狗鱼,将漂向北冰洋。至于眼下的高原,繁花盛开的隆春快要到来了吧。